U0537015

致青春——『青春诗会』40年

《诗刊》社 编

柒

第一卷（第一届—第五届）
第二卷（第六届—第十届）
第三卷（第十一届—第十五届）
第四卷（第十六届—第十九届）
第五卷（第二十届—第二十三届）
第六卷（第二十四届—第二十七届）
第七卷（第二十八届—第三十二届）
第八卷（第三十三届—第三十六届）

中国书籍出版社
China Book Press

图书在版编目（CIP）数据

致青春："青春诗会"40年：全八卷. 第七卷 /《诗刊》社编. — 北京：中国书籍出版社, 2021.5
ISBN 978-7-5068-8464-8

Ⅰ. ①致… Ⅱ. ①诗… Ⅲ. ①诗集－中国－当代 Ⅳ. ①I227

中国版本图书馆CIP数据核字（2021）第077883号

致青春——"青春诗会"40年：全八卷·第七卷
《诗刊》社　编

图书策划　王晓笛　武　斌
责任编辑　刘　娜
特约编辑　罗路晗
责任印制　孙马飞　马　芝
装帧设计　旺忘望
出版发行　中国书籍出版社
地　　址　北京市丰台区三路居路 97 号（邮编：100073）
电　　话　（010）52257143（总编室）（010）52257140（发行部）
电子邮箱　eo@chinabp.com.cn
经　　销　全国新华书店
印　　刷　三河市华东印刷有限公司
开　　本　880毫米 × 1230毫米　1/32
字　　数　218千字
印　　张　7.5
版　　次　2021年5月第1版
印　　次　2021年5月第1次印刷
书　　号　ISBN 978-7-5068-8464-8
定　　价　480.00 元（全八卷）

目录

第二十八届

第二十九届

第三十一届

第三十二届

青春诗会

第二十八届

2012

第二十八届（2012 年）

时间：

2012 年 9 月 24 日 ~ 29 日

地点：

云南蒙自官房大酒店

指导老师：

高洪波、商　震、冯秋子、雷平阳、大　解、霍俊明等

参会学员（13 人）：

陈　仓、沈浩波、灯　灯、唐　果、莫卧儿、三米深、泉　溪、泉　子、天　天、唐小米、翩然落梅、王单单、马占祥

第二十八届“青春诗会”学员全体合影。前排从左至右：唐果、唐小米、灯灯、莫卧儿、翩然落梅、天天；后排从左至右：陈仓、三米深、泉溪、马占祥、沈浩波、泉子、王单单

诗人档案

陈仓（1971～　），曾用名陈元喜，陕西丹凤县人。诗人、小说家。曾参加《诗刊》社第二十八届“青春诗会”。主要作品有诗集《诗上海》《艾的门》，八卷本系列小说集《陈仓进城》，长篇小说《后土寺》《预言家》《止痛药》，小说集《地下三尺》《上海别录》。曾获第三届中国《星星》新诗奖、第三届中国红高粱诗歌奖诗集奖、《小说选刊》中篇小说双年奖、第八届冰心散文集奖以及中国作家出版集团优秀作家贡献奖等奖项。作品被《小说选刊》《小说月报》《新华文摘》等转载，广泛入选各类年度选本和中国小说学会等机构评定的文学排行榜。

天　问

陈　仓

父亲坐在一堆玉米秆上问我
太阳像什么呢
我说，像一粒玉米
父亲坐在村口的大槐树下问我
太阳像什么呢
我说，像一片叶子
父亲站在收割后的麦地里问我
太阳像什么呢
我说像一根杂草
父亲看了看大雁问我
太阳像什么呢
我说像一根羽毛
父亲在半夜的时候问我
太阳像什么呢

我说像母亲的脸
这都是那年夏天给我留下的作业
父亲站在什么地方
太阳就变成什么样子
父亲望着哪儿
哪儿就是太阳的颜色
那年七月，母亲离开之后
父亲坐在一堆刚刚隆起的坟头
点上一支支烟望着天空一遍遍考我
这里的太阳像什么呢
我一直
憋到天黑以后也没敢回答
我知道
从那天起，太阳已经
变成了
父亲忍着的，一滴眼泪

天问

陳仓

父亲坐在一堆玉米秆上问我

太阳像什么呢

我说，像一粒玉米

父亲坐在村口的大槐树下问我

太阳像什么呢

我说，像一片叶子

父亲站在收割后的麦地里问我

太阳像什么呢

我说像一根杂草

父亲看了看大雁问我

太阳像什么呢

我说像一根羽毛

父亲在半夜的时候问我

太阳像什么呢

我说像母亲的脸

这都是那年夏天 给我留下的作业
父亲站在什么地方
太阳就变成什么样子
父亲望着哪儿
哪儿就是太阳的颜色
那年七月，母亲离开以后
父亲坐在一堆刚刚隆起的坟头
点上一支支烟望着天空一遍遍考我
这里的太阳像什么呢
我一直
憋到天黑以后也没敢回答
我知道从那天起，太阳已经
变成了父亲忍着的，一滴眼泪

2017年8月27日

诗人档案

沈浩波（1976~ ），江苏泰兴人。1999年毕业于北京师范大学中文系。著有《心藏大恶》《命令我沉默》《蝴蝶》《向命要诗》《花莲之夜》等多部诗集。诗歌被翻译为英语、俄语、西班牙语、丹麦语、德语、荷兰语、韩语、波斯语、阿拉伯语等多种语言，在各国出版和发表诗歌一百多首。参加了《诗刊》社第二十八届“青春诗会”。现居北京。

我在你的身上寻找

——写给儿子

沈浩波

任何时候扭头看你
总是忍不住
像看一种
既神秘又亲切的事物一样
凝视
从你眼中长出的每一片树叶上
寻找我的痕迹
那些并不容易找到的我
像慢慢浮现的星星
一颗颗
被你擦拭得明亮
我在你身上
找到了一堆我

这让我有时欣喜
有时羞涩
有时又自责
而那些既不属于我
也不属于你妈的部分
让我激动又困惑
像是老天的新发明
又像是宇宙和你之间的
一个小秘密
在太阳底下
你新鲜得无解

我在你的身上寻找

——写给儿子

池浩波

任何时候扭头看你
总是忍不住
像看一种
既神秘又亲切的事物一样
凝视
从你眼中长出的每一片树叶上
寻找我的痕迹
那些并不容易找到的我
像慢慢浮现的星星
一颗颗
被你擦拭得明亮
我在你身上
找到了一指我
这让我有时欣喜

有时羞涩
有时又自责
而那些既不属于我
也不属于你妈的部分
让我激动又困惑，
像是老天的新发明
又像是宇宙和你之间的
一个小秘密，
在太阳底下新鲜得无解。

2012. 7. 20

诗人档案

灯灯（1977~　），女，江西上饶人，现居杭州。曾获《诗选刊》2006年度中国先锋诗歌奖、第四届叶红女性诗歌奖、第二届中国红高粱诗歌奖、第二十一届柔刚诗歌奖新人奖、2017年获诗探索·人天华文青年诗人奖等奖项。出版个人诗集《我说嗯》。诗集《余音》入选中国青年出版社/小众书坊“中国好诗·第五季”。参加了《诗刊》社第二十八届“青春诗会”。

清明，和父亲说话

灯　灯

岩石渗出了水。忍住悲痛的叶子，长在毛竹身上
风一吹，哭声更大了。山上，泥土有些松动
一些蚂蚁因为交通堵塞
排在了雨的后面，我为其中的一只焦急
父亲，清明了，河水无端比去年
上涨一厘米，两岸的油菜花，突然集体沉默
说不出话的花朵
和我相遇的纸钱，在不同的路口，都向我打听
亲人的地址，仿佛我是一个
熟识者。有时我竟然忘记汇款人，出口就报出
你的门牌号码
父亲，我是多么私心。有时我想象
你就坐在白云的摇椅上，水中，慢慢地摇
安静，安详。时光变成

你讲述的波纹，放下重量的水，变得清澈无比——
那时我已能听懂你的语言
在我经历的春天，今天：
看见孩子们在坟头嬉闹，追着蝴蝶。

清明，和父亲說話

岩石渗出了水。忍住悲痛的叶子，长在毛竹身上
风一吹，哭声更大了。山上，泥土有些松动
一只蚂蚁因为交通堵塞
挤在了雨的台面，我为其中的一只焦急
父亲，清明了，河水无端比去年
上涨一公分，两岸的油菜花，突然集体沉默
说不出花朵的话
和我相遇的纸钱，在不同路口，都向我打听
亲人的地址，仿佛我是一个
熟识者。有时我竟然忘记汇款人，出口就报出
你的门牌号码
父亲，我是多么私心。有时我想像
你就坐在白云的摇椅上，水中，慢慢的摇
安静，安祥。时光变成

你讲述的波纹，放下重量的水，变得清澈无比——
那时我已能听懂你的语言
在我经历的春天，今天：
看见孩子们在坟头嬉闹，追着蝴蝶。

灯灯 28届青春诗会代表作品

诗人档案

唐果（1972～　），女，生于四川，现居云南昆明。出版诗合集《我的三姐妹》(与苏浅、李小洛合著)，独立出版短诗精选集《给你》，出版短篇小说集《女流》，出版诗选集《拉链2000-2014年诗选》。参加了《诗刊》社第二十八届"青春诗会"。

我把颜色给了蝴蝶

唐　果

我把颜色给了蝴蝶
香气给了麻雀
花瓣的弧形——给了雨水
留给你的，我亲爱的蜜蜂先生
就只剩花蕊了
它因含着太多的蜜而颤抖

我把颜色给了蝴蝶，

语伞

我把颜色给了蝴蝶，
香气给了麻雀
花瓣的弧形——给了雨水
留给你的，我亲爱的蜜蜂先生
就只剩花蕊了
它们含着太多的蜜，而颤抖

语伞
2020.7.7 于昆明

诗人档案

莫卧儿（1977～　），女，生于四川。中国作家协会会员，曾参加《诗刊》社第二十八届“青春诗会”。著有诗集《当泪水遇见海水》《在我的国度》等四部。诗歌发表于《诗刊》《人民文学》《星星》《扬子江诗刊》等刊物，入选多种选本。曾获第四届北京文艺网国际诗歌奖、第五届徐志摩诗歌奖、《现代青年》年度诗人、首届四川优秀青年诗人等奖项。有诗歌被译介到国外。

辨　认

莫卧儿

我曾在蝴蝶的翼上辨出山水
她脆弱的轻盈吹弹即破

我见过挺拔谦卑的柳树
姿势低于一粒尘土

蚂蚁绕行，骏马驯良……
“没有人能认出来
那饱受凌辱的是个神。”

无坚不摧的宝剑总是葬送在
无坚不摧的同类手中

嘘，别说话——
你看那朵蒲公英
正托着整座春天的森林在飞——

辨认

莫卧儿

我曾在蝴蝶的翼上辨出山河
她脆弱的轻盈吹弹即破

我见过挺拔谦卑的柳树
姿势低于一粒尘土

妈妈说，骏马驯良
“没有人能认出来
那饱受凌辱的是个神。”

无坚不摧的宝剑总是葬送在
无坚不摧的同类手中

嘘，别说话
你看那朵蒲公英
正抱着整座春天的森林在飞

第28届青春诗会.

诗人档案

三米深（1982～　），原名林雯震，生于福建省福州。中国作家协会会员。作品散见于《人民文学》《诗刊》等百余种刊物，曾获《上海文学》《福建文学》新人奖、福建省优秀文学作品奖等奖项。已出版诗集《天桥上的乐队》《梦游的骑手》。曾参加《诗刊》社第二十八届“青春诗会”，出席第八次全国青年作家创作会议。

亲爱的骨头

三米深

出生的第一天
母亲送给他第一块骨头
每一年生日
或值得纪念的日子
他都会获得骨头
作为礼物
这些骨头洁白而坚硬
陪伴着他的童年
他慢慢学会了用这些骨头
占卜不可知的未来
后来战火纷飞
他颠沛流离，一路往南
一块也不曾丢弃
他还捡到了新的骨头

他将它们一块块编上数字
像拼图般重新组合
直到有一天
散落多年的骨头
终于站立起来
他已经老了，在秋风里
像棵枯草
他觉得这些骨头
支撑起了他的一生
而他的生命
从未像现在这样完整

亲爱的骨头

之朱源

出生的第一天
母亲送给他第一块骨头
每一年生日
或值得纪念的日子
他都会获得骨头
作为礼物
这些骨头洁白而坚硬
陪伴着他的童年
他慢慢学会了用这些骨头
占卜不可知的未来
后来战火纷飞
他颠沛流离，一路往南
一块也不肯丢弃
他还捡到了新的骨头
他将它们一块块编上数字
像拼图般重新组合

直到有一天
散落多年的骨头
终于站立起来
他已经老了，在秋风里
像棵枯草
他觉得这些骨头
支撑起了他的一生
而他的生命
从未像现在这样完整

诗人档案

泉溪（1972~　），本名熊家荣，哈尼族，云南墨江人。中国作家协会会员。著有作品集《怀念爱情》《边地时光》《诗经一样的云南》等五部。曾获滇东文学奖、边疆文学奖、《人民文学》诗歌优秀奖等奖项。参加《诗刊》社第二十八届“青春诗会”。

听到儿子的第一声啼哭想到母亲

泉　溪

坐在产房外，听到儿子的第一声啼哭
我想到母亲。母亲走了二十多年了
我在白天总认为是错觉
她也许是到菜园子忙碌
一时半会回不来。夜里她又出现在梦中
只是沉默地忙碌，不言不语——
也许是我前世犯下了太多顽劣、无知和罪过
她从白天出走，夜里又在梦中惩罚我
二十多年了，母亲还是那个模样
勤勉的脸上闪着亮晶晶的幸福……

听到儿子的第一声啼哭，在潸然泪下中想到母亲
她把爱和忏悔的一小部分留给我，留给我把爱
像蜂蜜一样，一点点积攒起来

传给亲人及周遭的人。儿子来到世上
他无辜地哭，无辜地看着你
从今往后，他把我的命搬到自己的身体里保管

诗刊社第28届青春诗会代表作

听到儿子的第一声啼哭想到母亲

聂权

坐在产房外，听到儿子的第一声啼哭
我想到母亲，母亲已经走了二十年
在白天，我总认为是错觉
她也许是到某处去旅行
一时半会回不来，夜里她又出现在梦中
只是沉默地注视，不言不语——也许
是我前世有着太多的烦恼、无知和罪过
她从白天出走，夜里又在梦里现身惩罚我
二十年了，母亲还是那个模样
劳累的脸上闪着亮晶晶的幸福……

听到儿子的第一声啼哭
在潸然泪下中想到母亲
她把爱和怜悯的一小部分留给我
留给我把爱像蜂蜜一样
一点点攒起来
传给亲人及周边的人——

儿子来到世上
他无辜地哭，无辜地笑，无辜地看着你
从今以后，他就是我的导师
我将向他学习。他会教导我
认知天空太阳的热，大地宽广的爱
树木的伟岸，野草的小……
他也许是我一樽神的灵魂出窍
成为我的另一个版本
带着救赎的使命来到世上……

外孙满月于云南普洱
2007年7月30日
农历五月十三

诗人档案

泉子（1973~ ），浙江淳安人。著有诗集《雨夜的写作》《与一只鸟分享的时辰》《秘密规则的执行者》《杂事诗》《湖山集》《空无的蜜》《青山从未如此饱满》等，诗学笔记《诗之思》，诗画对话录《从两个世界爱一个女人》《雨淋墙头月移壁》。作品被翻译成英文、法文、韩文、日文等多种语言。曾获刘丽安诗歌奖、储吉旺文学奖、陈子昂诗歌奖、苏轼诗歌奖、《十月》诗歌奖、西部文学奖、汉语诗歌双年奖等奖项。现居杭州。

柚　子

泉　子

母亲从记忆中为我偷来了柚子
在邻村的山坡上，她用砍柴的刀
切割着柚子金黄色的皮
辛辣的汁液，溅在了母亲的脸颊上的汗珠里
溅落在我仰着的眼眶
我的眼泪与母亲的汗水一同消失在焦黄的泥土中
随后的时光是纯粹而甜蜜的
偷窃的羞耻并未抵达我们
我坐在母亲的左侧，捧着半个刚刚被她那双沾满泥土的手掰开的柚子

它的另一半捧在哥哥那双纤细而苍白的手中
哦，那时
他还没有走入那消失者的行列
母亲坐在我们中间，手中握着刀子
她心满意足地看着我们，并把笑容噙在了眼眶

柚子

母亲从记忆中为我偷来了柚子
在邻村的山坡上，她用砍柴的刀
切割着柚子金黄色的皮
辛辣的汁液，溅在了母亲的脸颊上的汗珠里
溅落在我仰着的眼眶
我的眼泪与汗水一同消失在焦黄的泥土中
随后的时光是纯粹而甜蜜的
偷窃的羞耻并未玷污我们
我坐在母亲的左侧，捧着半个刚刚被她那双沾满
泥土的双手掰开的柚子

它的另一半捧在哥哥那双纤细而苍白的手中
啊，那时
他还没有走入那消失者的行列
母亲坐在我们中间，手中握着刀子
她心满意足地看着我们，并把笑容噙在了眼眶

（泉子 2003）

诗人档案

天天（1976~　），本名黄学红，女，安徽滁州人。中国作家协会会员。安徽省文学院签约作家。参加了《诗刊》社第二十八届“青春诗会”。曾获安徽文学奖。著有诗集《炼巫术》《时光站台》。现居安徽滁州。

活　着

天　天

我承认，每一个晨昏都是寂寥的。
天地广阔，而人群忧伤，
这些年，我用活着向生活一点点靠近。
多么好，即使我走过的街道没有喧闹，
即使我爱过的人舍下了往昔……
尘世是一面被缝补过的镜子，
那裂痕曾经波涛汹涌，
那碎过的心安详如昨。

我忍不住轻轻啜泣，为我道别过的，
窗口，落日与秋霜。
活着多么不易，当万物弯下了脊背，
当山河耸动，苍松闲云终于慢慢垂落。
太多的感慨，我如何才能告诉世人，

我是时光深处的光和影，
是欲望的悬崖边苦苦挣扎的浪荡子。

我用活着让岁月从身上平静地走过，
直到光阴一寸寸柔软下来。
院落多安静，我亲手织成的夜晚正沉沉睡去，
而心底的悲喜依然在慢慢生长。

活着

乐乐

我承认，每一个晨昏都是寂寥的
天地广阔 而人群忧伤
这些年 我用生活靠近自己
这多么好 即便我走过的街道没有喧闹
即便我爱过的人舍下了往昔……

我忍不住轻轻啜泣，为我道别过的
窗口，落日与秋霜
活着多么不易，当万物弯下了脊背
当山河算动，苍松闲云 慢慢垂落
我该如何告诉世人
我是时光深处的光和影
是欲望的悬崖边苦苦挣扎的浪荡子

岁月从身上平静地走过
直到光阴一寸寸柔软下来
院落够安静，我亲手织成的夜晚正沉沉睡去
而心底的悲、喜依然在慢慢生长

2012年青春诗会作品

诗人档案

唐小米（1972~ ），女，居河北唐山。诗歌在《诗刊》《十月》等刊物发表，入选多项诗歌年度选本。著有诗集《距离》《白纸的光芒》。曾获2011年中国年度先锋诗歌奖、第二届河北诗人奖等奖项。中国作家协会会员。参加了《诗刊》社第二十八届“青春诗会”。

照　片

唐小米

坐在上面的人
脸色暗黄，笑容越来越浅
这是很多年前的事了
我看到河水依旧自西向东
缓缓地流。好像安静出自我的想象
而她们的内心
停留着一条鱼搅起的涟漪。
现在，我的浪大过她们
在天黑之前
我要回到照片里
回到安静的西固河

照片

唐小米

坐在上面的人脸色晴黄
笑容越来越浅
这是很多年前的事了
我看到河水依旧自西向东
缓缓地流。好象安静出自
我们想象
而她们的内心
停留着一条鱼搅起的漩涡
现在，我们很大过她们
在天黑之前
我要回到照片里
回到安静的西面河

诗人档案

翩然落梅（1973~　），女，原名崔宝珠，河南睢县人。作品散见于国内诗歌刊物，并被收入多种诗歌选本。参加了《诗刊》社第二十八届“青春诗会”，鲁院第三十一届高研班。

空　宅

翩然落梅

昏朦时沿四壁散步，有时
我会偶然踱入自己体内。是的
她现在是，一座空宅
门锁锈了，院子里仍开着执拗的白花

哦，曾有哪年的细雨落下
墙外，沿碎石砌成的巷弄，也曾有人
唱着歌行过。一些身影晃动
在我心房的小窗外面

而我的寺庙紧闭，一些打不破的
戒律，依然深藏。多年来我困于此
又安于此。且看庙门外的青松
自我的荆冠，仍孤悬其上

空宅之空，仍终有一根绞索
在为我而待。多年来
我潜心于荒芜之术的身体，
转身拒绝了灵魂的和解。

空宅

/ 翩然落梅

黄昏时沿四壁散步，有时
我会偶然步入自己体内。是的
她现在是，一座空宅
门锁锈了，院子里还开着执拗的白花

哦，曾有哪年的细雨落下
墙外，沿碎石砌成的巷弄，也曾有人
唱着歌行过。一些身影晃动
在我心房的小窗外面

而我的寺庙紧闭，一些打不破的戒律
依然深藏。多年来我困于此
又安于此。且看庙门前的青松
有我的前途，仍孤悬其上

空完之空，仍终有一根绞索
在为我而读。多年来
我潜心于荒芜之术 然后 身体
转身拒绝了泉之恩之和解

2012. 青春诗会

诗人档案

王单单（1982~　），云南镇雄人。云南省作协驻会作家。出版诗集《山冈诗稿》《春山空》等。曾获首届《人民文学》新人奖、2014《诗刊》年度青年诗人奖、2015华文青年诗人奖、《诗刊》脱贫攻坚特别诗歌奖等奖项。参加了《诗刊》社第二十八届“青春诗会”。

卖毛豆的女人

王单单

她解开第一层衣服的纽扣
她解开第二层衣服的纽扣
她解开第三层衣服的纽扣
她解开第四层衣服的纽扣
在最里层贴近腹部的地方
掏出一个塑料袋，慢慢打开
几张零钞，脏污但匀整
这个卖毛豆的乡下女人
在找零钱给我的时候
一层一层地剥开自己
就像是做一次剖腹产
抠出体内的命根子

卖毛豆的女人

王单单

她解开第一层衣服的纽扣
她解开第二层衣服的纽扣
她解开第三层衣服的纽扣
她解开第四层衣服的纽扣
在最里层贴近腹部的地方
掏出一个塑料袋，慢慢打开
几张零钞，脏污但平整
这个卖毛豆的乡下女人
在找零钱给我的时候
一层一层地剥开自己
就像是做一次剖腹产
掏出体内的命根子

诗人档案

马占祥（1974~　），回族，生于宁夏回族自治区同心县。中国作家协会会员。曾参加《诗刊》社第二十八届“青春诗会”。获朔方文学奖、六盘山文学奖、第十二届全国少数民族文学骏马奖等奖项。出版诗集《半个城》《去山阿者歌》《山歌行》《西北辞》。其中，《西北辞》入选“中国少数民族文学之星”丛书。

我在半个城的简历

马占祥

在这西北的这个小城中
我反复练习成长
抱火入眠

我的履历表上写着：
一岁学步，七岁上学，二十四岁结婚
目前，三十八岁，两个女儿花开两朵

父母已深眠于城东的回族公墓
坟头的草每年绿一次
又会被来年的风吹灭

这小城也虚荣地繁华
习惯于被一条小河和三座山峁

不紧不松地围着

我曾外出过几次
走不远就被低矮的山峁或者
浑浊的细流找回来

只有身处这些头戴白帽的亲人中
我才会与自己握手言和
不在爱和悲喜中过于繁杂

我在半个城的简历

马占祥

在这西北的小城中
我反复练习成长
指火入眠

我的履历表上写着：
一岁学步，七岁入学，二十四岁结婚
目前，三十八岁，两个女儿花开两朵。

父母已深眠于城东回族公墓
坟头的草每年绿一次
又会被来年的风吹灭

这小城也繁荣也繁华
习惯于被一条小河和三座山岗
不紧不松地围着

我曾外出过几次
走不远就被低矮的山岗或者
浑浊的细流找回来。

只有躲上这些头戴白帽的亲人中
我才会与自己和解
不在爱和悲喜中过于繁杂。

手书于2020年4月15日

青春常作伴，云南有好诗

——《诗刊》社第二十八届“青春诗会”侧记

彭　敏　黄尚恩

青春序幕

时令已是初秋，祖国的西南小城蒙自市犹有余热。在面朝南湖的官房大酒店开阔的宴会厅里，满堂宾客正飞觥献斝谈笑风生。因为《诗刊》社第二十八届“青春诗会”，他们相聚于此，像一群游动的星光，点亮了蒙自的夜空。

酒过三巡，七位身着民族服饰的少女端着纤细的酒杯来到席间，用微波翻腾的美酒和婉转而嘹亮的歌喉向远道而来的客人逐一表示热忱的欢迎。

十三位诗人来自天南海北，彼此之间包括他们和《诗刊》社的诸位同仁之间，很多都是初次见面。为了让大家互相熟悉，也为了给七天的蒙自之行做一个大略的统筹和规划，宴会结束后举行了一次简单的预备会。会议由《诗刊》副主编商震主持。他高屋建瓴地对十三位青年诗人的创作表示了充分的肯定，希望大家在蒙自的一周里，好好珍惜相聚的时光，扎扎实实精益求精把作品修改好。由于人员多时间长，商震特别强调了此行的纪律问题：“尤其这是在中越边境，大家凡事都要谨小慎微加倍小心。”与往年由《诗刊》编辑直接辅导参会诗人不同，本届“青春诗会”从外面聘请了大解、雷平阳、霍俊明三位担任辅导老师，十三位青年诗人分成三组，在三位辅导老师旗下。《诗刊》的几位编辑则作为“助教”，全力辅佐三位老师的教学工作。

开幕式及其他

从昆明到蒙自的车程长达五个小时，尽管一路欢声笑语，却也不免疲累。好在有青春和诗歌为伴，经过一夜的休整，9月24日清晨，一彪人马便重又生龙活虎地从官房大酒店赶到蒙自市行政中心，参加本次“青春诗会”的开幕式。

开幕式由蒙自市委宣传部长华莎女士主持，市委书记刘一平等领导出席了会议。蒙自市委副书记、代理市长张智俊在致辞中向大家简略介绍了蒙自市灿烂悠久的历史文化传统和蓬勃兴盛的社会经济发展现状，并希望大家用诗歌和青春在这片美丽富饶的土地上留下美好的回忆和闪亮的足迹。

20世纪70年代一个名叫高洪波的年轻军人曾经在蒙自所属的边防哨所建设兵团与若聪山寨进行过几十天的走访。三十六年后，他以中国作协副主席、《诗刊》主编的身份重归旧地，不禁感慨万端。高洪波对蒙自深厚的历史文化传统表示了由衷的孺慕之情，并希望青年诗人们心存感恩、懂得敬畏、广泛交流，打好厚重的精神底色，不断提升诗歌创作水准。他希望大家在写作中求新求变，在心中永葆青春的同时，追求更加恒久更加绵长的艺术生命。

青年诗人代表沈浩波在发言中谈到初来蒙自，他便感觉到蒙自虽小，却是一个有味道的、见过世面的城市。他说，这种感觉和我们对于诗歌的追求是一致的，就是要“小中见大”。我们在写作的过程中，容易贪于“大”，而无法进入“小”，但是“小”才是诗歌真正的境界。“小”中的味道，“小”中的意境，“小”中所领略的人和大地、人和自然、人和生命之间的关系才是诗人真正应该面对的。

开幕式在庄严而不失热烈、肃穆而不乏活泼的气氛中圆满结束。

每次“青春诗会”，往往都会从强大的嘉宾阵容中挑选出一位，开坛设讲，向当地居民传播诗歌文化。这一次，我们推选的是青年诗评家、北京教育学院副教授霍俊明。时间是当天下午四点，地点是红河学院。到达时教室里已经座无虚席。

和霍俊明略一相交便可知道，他平日里不甚言语。一下子要在这么多人面前正儿八经地讲上两个钟头，老实说我们都暗暗为他捏了把汗。没有想到的是，他一登上讲台，就像小宇宙突然爆发了一样，指点江山、激情飞扬，台下的听众神情专注，屏息静听。

讲座得到了红河学院学生的热烈反响。

后面半个钟头的时间里，霍俊明一直疲于应对学生们提出的各种问题。

讲座结束后，大家略略进食，便匆匆赶去那个形状像一顶哈尼族姑娘帽子的州体育馆，观看本次诗会的迎宾晚会暨第四届过桥米线美食文化旅游节开幕式晚会。

云南是少数民族之乡，蒙自所在的红河又是少数民族自治州，晚会上演的节目自始至终一派少数民族情调和异域边土风貌，让我们这些在现代都市待久了的人心荡神驰大开眼界。

分组改稿，各显神通

据说，1980 年举行的第一届“青春诗会”曾旷日持久，光是改稿就改了整整一个月。在生活节奏越来越快的今天，“青春诗会”的改稿虽不可能像当年那样奢侈，却也是精益求精毫不含糊。

十三位诗人与辅导老师尽情交流。为了交出一份令诗坛满意的答卷，每位老师都使出了浑身解数。

雷平阳作为本次活动的“地主”，占尽地利之便，25日一早，便把自己的组员拉到城郊，吃一大碗羊肉米线。回城后直奔南湖风景最旖旎处，寻一酒吧，临湖坐了，一干人等就在清风徐来水波不兴中相对谈诗。种种逍遥洒脱，毋庸赘言。

如同一棵诗坛常青树，多年来大解以笔为犁耕耘不辍。也许他太爱书斋雅静，干脆就把众弟子都叫到自己房间来谈诗。又得唐力、娜仁琪琪格两名编辑做助教，这一组的讨论热烈酣畅而又活泼深入。

作为青年诗评家，霍俊明在昨日已经凭着红河学院的讲授令学员折服。他主攻理论，也不乏创作体验，使得他在评诗解诗时既带着高屋建瓴的艺术视野，又能够轻车熟路地切入诗歌创作的真实情境。

本届诗会开始之前，《诗刊》通知每位参会诗人携带稿件的数量是一式四份，但大家既然得到这么一个千载难逢的学习机会，自然希望让尽可能多的人读到自己的作品，于是个个大包小包装来稿件，逮着人就是好一阵切磋琢磨。

三位辅导老师当仁不让地贡献出了大把的休息时间自不待言，作为改稿活动的“总工程师”，《诗刊》副主编商震就更加“在劫难逃”。七天时间里谁是睡觉最少的人？毫无疑问就是商震。一边为整个活动日夜操劳，一边还要被学员们反复“谪问”。以至于后来活动结束时我们都为他松了口气：终于可以好好睡一觉了。

曾经沧海难为水，除却云南不是云

提起云南，我们可能会首先想到丽江、大理、滇池、苍山洱海、西双版纳……而以上著名景点，我们这次行程中一个也没去。只有真正看足了山川风物的人才会知道，在漫长的旅行中最打动我们的，往往是那些无名的风景。

在蒙自，我们首先领略到了云南作为“彩云之南”的独特魅力。

第二十八届“青春诗会”学员合影。从左到右依次是：陈仓、灯灯、三米深、夭夭、唐果、泉子、翩然落梅、唐小米、沈浩波（前坐者为王单单）

整个行程中，无论我们走到哪里，不是彩云为伴，便是黑云相依，不是白云叆叇，便是青云袅袅。几天下来，大家只觉得，曾经沧海难为水，除却云南不是云。以后在别处游玩，只需专心看山看水看人看路，完全没必要抬头看天了。

昆明曾是抗战时期西南联大旧址。由于初抵昆明时百废待举校舍不敷，文学、法学两院师生便被暂时安置在了蒙自南湖之畔。其中相当一部分人，包括著名诗人闻一多，是在纷飞战火中从长沙千里跋涉徒步而来。七十多年过去，原址已经只剩下门前石头上“刚毅坚卓”的校训，整体修复后建成的是一座两层楼的纪念馆。漫步馆中，我们仿佛听到了闻一多闭门苦吟的声音，仿佛看到陈寅恪、汤用彤坐在长满日光的阳台上高谈阔论，仿佛看到一个幽灵、一个五四运动和共产主义的幽灵，在南湖之畔久久游荡。

遥想当年，四海硝烟，神州陆沉。为了革命的胜利，英勇的共产

与会人员参观红色旧址

党员不惜抛头颅，洒热血。中共云南省第一次代表大会会址，位于蒙自东北山区芷村镇查尼皮村。1928年10月，在一间黑暗断电的房间里，十七位革命志士开启了云南共产主义运动的先河，并于随后建立了第一支武装游击队。令人扼腕的是，至1930年冬，由于叛徒出卖，中共云南省委主要负责人先后英勇牺牲，直到1949年，党的干部又来到查尼皮，这才恢复重建了党支部。巧的是，当年代表们开会，恰逢房中断电，我们一行人参观至此，村里刚好也停电。我们便在这穿越了八十四年时光的相似的黑暗中听导游小姐指点风物缅怀先烈。

作为《诗刊》的理事和老朋友，原蒙自市委书记陈强，一直在祖国的西南边陲默默地笔耕不辍。今年早些时候，在陈强的鼎力支持下，第二十八届“青春诗会”举办地花落蒙自。大家都以为，美丽的小城将迎来一次无比美满的欢聚。没想到，天妒英才，“青春诗会”人马未到，年仅四十九岁的陈强便在五月底因病溘然长逝！迟来一步并且终于缘悭一面的我们，听着南湖的微波，望着这座欣欣向荣的城市，忍不住感慨唏嘘黯然销魂。死者长已矣，我们唯一能够告慰于灵前的，或许就只有他最最心爱的诗歌了。

25日晚，在红河州图书馆一个温暖明亮的房间里，举行了陈强诗歌专场朗诵会。商震、雷平阳用沉痛的语调追溯和缅怀了这位人民的好书记、诗坛的好朋友光辉一生的点点滴滴，包括陈强儿子在内的诸多亲友和艺术家则深情朗诵了他的遗作。尽管在座的许多诗人甚至都和陈强素未谋面，但却被他生前事迹和身后遗作深深打动。在安徽诗人夭夭和浙江诗人灯灯的“带领”下，几个女诗人很快便潸然泪下涕泗难禁。以诗为凭，与诗为伴。愿生者有那不绝的爱，愿死者有那不朽的名！

在蒙自，可看的风景太多，从千年古镇到万亩石榴园，从哥胪士洋行到缘狮洞，每一处风景都给我们不一样的心情。不过，本次“青春诗会”最重磅的风景，却是两条永远平行而又始终免于单调的铁轨——起点是我国最早的铁路车站之一碧色寨，终点是芷村镇。中间的路程则长达二十四公里。

这是一条“米轨”，系1910年法国人所建。这条铁路曾是帝国列强掠夺我国财富的运输线，抗战时期又成抗战物资的生命线。活动的名称叫“大地向南”。

从碧色寨出发时，大家认领了各自的食物、雨伞、手电筒，便三五成群地踏上了这条“不归路”。一开始是说说笑笑走几步拍拍照，不多

第二十八届“青春诗会”期间，十三位学员合影

诗会期间，参会人员集体合影

时队伍便拉得越来越长，坐路边休息的人也越来越多。铁轨不比平地，只能落足于疏密有致的枕木或是凹凸不平的碎石，走起来相当费神，久了之后脚板也是疼痛难当。铁路四周是连绵的群山，不时需要穿过狭长逼仄而又黑暗潮湿的隧道。半路上还下了一场瓢泼大雨，虽有雨伞遮掩，毕竟狼狈不堪，道路也越发地湿滑难行。出发时是早上九点，到下午两三点钟，面包和水都已经消耗净尽，不少人精疲力竭并且饥肠辘辘，恰好路过一片玉米地，几位男诗人便兔起鹘落地钻到地里大玩“偷菜”，掰回来好几茎玉米进献给女诗人和长者。至今，一组“农民伯伯乡下妹”坐在铁路边大啃玉米秆的照片还在一些诗人博客上流传不废。

经过近八个小时的鏖战，到下午四点来钟，以王单单为首的三名80后年轻人率先到达终点（然后他们就余勇可贾地跑去芷村打台球了）。

前途似海，来日方长

相聚的时光总是短暂。不知不觉，七天时间倏忽已过。此前的每天夜里，大家都是三五成群地置酒为欢。临别前一晚，在商震的提议下，干脆寻了个宽敞的酒吧，一群人“大会战”。在酒吧歌手热烈而不失柔情的歌声中，我们围着两张巨大的长桌，聊天的聊天，喝酒的喝酒，斗地主的斗地主。聊天聊高兴了喝酒，斗地主斗输了也是喝酒。没多久，便东倒西歪地软了一箩筐，红了一大片。一忽儿引吭高歌，声音盖过歌手的麦克风；一忽儿聚众吟诗，灿烂喧哗的场景中忽然浮出庄重的神情。更有豪气勃发者几个人吹瓶斗酒不亦乐乎。世界上所有的夜晚尽在蒙自一夜。一夜的雨疏风骤，一夜的绿肥红瘦。次日清晨迎来了我们依依惜别的时辰。

微微翻滚的南湖在我们身后渐渐远去，来时的旧路却发现了许多新鲜的风景。此去或许经年，但好在我们前途似海来日方长，好在我们青春正茂诗歌永昌。

青春诗会

第二十九届

2013

第二十九届（2013年）

时间：

2013年10月16日～19日

地点：

浙江绍兴

指导老师：

商　震、冯秋子、谢　冕、靳晓静、汤养宗、潘　维、霍俊明等

参会学员（15人）：

魔头贝贝、刘　年、陈德根、罗　铖、郁　颜、离　离、桑　子、田　暖、林典铇、笨　水、江　离、天　乐、冯　娜、微雨含烟、蓝　紫

第二十九届“青春诗会”学员全家福。前排左起：陈德根、刘年、笨水、魔头贝贝、江离、天乐；后排左起：林典铇、冯娜、微雨含烟、桑子、离离、田暖、蓝紫、罗铖、郁颜

诗人
档案

魔头贝贝（1973~　），本名钱大全，曾用名钱鹏程。1973年出生，祖籍安徽枞阳。作品入选《中国新诗百年大典》等多种选本。参加《诗刊》社第二十九届“青春诗会”。现居河南南阳。

在美妙的天空下

魔头贝贝

中午我否定片刻。
鸡蛋汤，灰喜鹊，牢骚话，由你
带来的微微的蓝色。

蛇的扭曲的事实。
我不接受。扶着栏杆以免
往下跳。

你知道我喜欢你
有时。有时我
被切开。它们让你害怕。

从西半球到东半球落了无数次雨。
复杂的烹饪。简单的盐粒。
从南到北，愈合是看不见的。

在美好的天空下

中午我还定片刻。
对着酒，发着呆，穿错衣，由你
带着的微微的蓝色。

蛇的扭曲的事实。
我不接受。被鹰拧折的光
往下跳。

任意穿戴喜欢你
有时，有时我
被打开。它们让你害怕。

从东半球到西半球隔了无数次雨。
复杂的缝线。简单的蓝裙。
从南到北，整合是看不见的。

唐达贝贝

诗人档案

陈德根（1979~　），布依族，贵州平塘人。中国作家协会会员。作品发表于《诗刊》《北京文学》《民族文学》等刊物，入选多种选本。出版文集《忍冬花》等多部。鲁迅文学院第31届中青年作家高研班学员，参加了《诗刊》社第二十九届“青春诗会”。现居浙江宁波。

看　见

陈德根

微风吹高了越冬的麦苗
柳树空了一个冬天的枝头
院子里的桃树，飞回来的燕子
春天分别给了它们清贫的绿意
盛开的想法和一张在和风里荡漾的婚床

五塘河舒展着宽阔的波浪
它在起伏，引领着阳光
和几个在河边打水漂的少年
一条河流在傍晚，获得短暂的寂静

我看见一轮清凉的落日
被河堤的树杈稳稳托住

夕光，黄手帕似的，在母亲的
脸上擦来擦去，看家狗听话地
卧在她脚下，我看到屋檐下
那只蜘蛛，不慌不忙地织完最后一圈
心满意足地顺着亮晶晶的蛛网，滑下来
我看到，它的身子在檐下闪了一下

村庄里，人间的烟火
就一盏接一盏点亮
河边的抽水机，适时停止了轰鸣
我看到夜晚把星星点亮
母亲转身走向村道
她的身子猛地抖了几下
霜气顿时重了起来

看　见

陈德根

微风吹高了越冬的麦苗
柳树发了一个冬季的枝头
院子里的桃树，飞回来的燕子
春天分别给了它们清亮的绿意
盛开的想法和一张在和风里荡漾的婚床

玉塘河舒展着宽阔的波浪
它起伏，引领着阳光
和几个在河边打水漂的少年
一条河流在传唱，获得短暂的宁静

我看见一轮清凉的落日
被河堤的树杈稳稳托住

夕光，黄手帕似的，在母亲的
脸上擦来擦去，看家狗听话地
卧在她脚下，我看到屋檐下
那只蜘蛛，不慌不忙地织完最后一圈
心满意足地收着亮晶晶的蛛网，滑下去

我看到，它的身子在檐下闪了一下

村庄里，人间的烟火
被一盏接一盏点亮
河边的抽水机，适时停止了轰鸣
我看到夜晚把星星点亮
母亲转身走上村道
她的身子猛地抖了几下
霜气顿时重了起来
（发表于《诗刊》2013年12月上半月号"29届青春诗会"专号）

抄写于2020.6.12

诗人档案

罗铖（1980～ ），生于四川苍溪。中国作家协会会员。曾参加《诗刊》社第二十九届“青春诗会”。作品发表于《光明日报》《人民文学》《诗刊》《星星》等报刊。入选《21 世纪中国文学大系（诗歌卷）》等数十种选本。并有作品被翻译成英文、法文、韩文等。出版诗集《黑夜与雪》《橘黄色的生日》。

橘黄色的生日

罗 铖

死去的祖母突然回到家里
坐在灶膛前，谈旧年的天气
火光映着木格窗子，她神情淡然
指上的伤痕与老茧依然像颓败的花瓣
这一天，是我橘黄色的生日
父亲在清晨杀了一条鲤鱼
血从刀尖淌向鱼的双瞳
这是命运吗？祖母一生饱受苦难
她身披月光，走过多少黑暗
当我告诉父亲这个梦境
他将鱼放进清水里，静悄悄的浪花
漫过鱼裂开的嘴唇……
“她回来了！”父亲突然说。
晨光落在父亲的肩膀上，我相信父亲的话
像相信万物的自在和安详
这一天，也是父亲橘黄色的生日

橘黄色的生日

安诚

死去的祖母突然回到家里
坐在灶膛前，谈旧年的天气

火光映着木格窗子，她神情淡然
指上的伤痕与老茧依然像颓败的花瓣

这一天，是我橘黄色的生日
父亲在清晨杀了一条鲤鱼

血从刀尖淌向鱼的双瞳
这是命运吗？祖母一生饱受苦难

她身披月光，走过多少黑暗
当我告诉父亲这个梦境

他将鱼放进清水里，静静的浪花
漫过鱼裂开的嘴唇……

"她回来了！"父亲突然说
晨光落在父亲的肩膀上，我相信父亲的话

像相信万物的自在和安详
这天，也是父亲橘黄色的生日。

2011.5.18作
2020.4.23抄

诗人档案

郁颜（1986~　），本名钟根清，生于浙西南一个叫“玉岩”的小镇。中国作家协会会员。参加了《诗刊》社第二十九届“青春诗会”。曾获中国·星星年度诗人奖等奖项。出版诗集《山水诗》《虚无集》《郁颜诗集》。诗集《山水诗》获中国作家协会重点作品扶持。现居浙江丽水。

马铃薯记

郁　颜

那年，我小心翼翼地
把马铃薯一个个藏进挖好的土坑里
母亲在边上撒上一掊草木灰
父亲呢，一一给它们浇上了粪水
暖风吹干脸颊上的汗液时
我们便往马铃薯们身上
盖上土，像是一场埋葬的仪式
我们默默地弯曲着腰

二月的乡野
多了一群忍住光芒的星子
为了再次和我们见面，才几天工夫
它们就狠狠地破土，并吐出了绿色的嫩芽
闪电一般，比呼吸还迷人

马铃薯记

柳沄

那年，我小心翼翼地
把马铃薯一个个藏进挖好的土坑里
母亲在上面撒上一层草木灰
父亲呢，一一给它们浇上粪水

晚风吃干脸颊上的汗液时
我们便往马铃薯们身上
盖上土，像是一场埋葬的仪式
我们默默地弯曲着腰

二月的乡野
多了一群忍住饥荒的兄弟
为了再次和我们见面，掀土块
它们就狠狠地破土，并吐出了绿色的嫩芽
闪电一般，比呼吸还迷人

诗人档案

离离（1978~　），本名李丽，女，出生于甘肃通渭。中国作家协会会员。参加了《诗刊》社第二十九届“青春诗会”。两次入选“甘肃诗歌八骏”。获2013年《诗刊》年度青年诗歌奖、2014年度华文青年诗人奖、《飞天》十年文学奖、第二届李杜诗歌奖新锐奖等奖项。出版诗集四部。

这便是爱

离　离

还是那张床
只是换了新的床单和被套
还是那间屋子，地面被反复
扫过，甚至看不见
一根掉下的
白发丝
光从窗口涌进来
照见的
还是两个人
一个70岁，在轻轻拭擦桌子
另一个，在桌子上的相框里
听她反反复复
絮叨

这便是爱

离离

还是那张床，只是换了新的
床单和被套
还是那间屋子，地板已被反复
清扫过，甚至看不见
一根掉下的
白发丝
光从窗口滴进来
照见的
还是两个人
一个70岁，在轻轻擦拭桌子
另一个，在桌子上的相框里
听她反反复复
絮叨

诗人档案

桑子（1975~　），女，浙江绍兴人。中国作家协会会员。著有《栖真之地》《德克萨斯》等诗集和长篇小说十余部，获第七届《扬子江》诗学奖、第二届李白诗歌奖·提名奖、第十二届滇池文学奖、《文学港》年度文学奖等奖项。曾参加《诗刊》社第二十九届“青春诗会”。

诉诸同情

桑　子

牧草在阳光下泛着金色的光泽
它让我想起母亲　那都图的女王
曾享受着至高的荣耀
而我的敏锐让我吃惊　终于明白
生活是建立在记忆力的破坏之上

我已长时间没嗅到丰沛的水汽了
黄蜂的嗡鸣让我失去了耐心
我的上颌骨像要脱臼
我得全神贯注思考一些问题
这样看上去更有修养

假如这世上有重逢
它一定得像个意外

我得朝相反的方向走去
我说的是　整个世界都在逃脱
我相信自己的感觉
不用费神就可以知晓
那都图离我愈来愈远

我绝不孤独　只有太阳才寂寞
我一直感觉背上有两个太阳
我知道有一个是假的
这些事马蝇不知道　酢浆草也不知道
我有时候怀疑这草原也是虚构的
只是我想象力的创造

1804 年　我喜欢设定时间
死掉的翅虫蛹　干瘪的蛤蟆
成了我丰盛的晚餐
我望着将要坠落的夕阳　无比安慰
是的　我们诉诸同情的方法不能一成不变

诉说同情

桑子

牧草在阳光下泛着金色的光泽
它让我想起田野 那部闪闪的经
曾经覆盖着至高的荣耀
而我的敏锐让我吃惊 终于明白
生活是建立在旧的力量破坏之上的

我很长时间没有嗅到丰沛的水汽了
黄蜂的嗡鸣让我失去耐心
我的头颈骨像要脱臼
我得全神贯注思考一些问题
这样看上去更有修养

假如这世上有重逢
它一定得像个意外
我得朝相反的方向走去
我说的是 整个世界都在
逃避

我相信自己的感觉
不用费神就可以知晓
那都离我愈来愈远

我绝不预告 这太阳才寂寞
我一直感觉背上有两个太阳
我知道有一个是假的
这些事马蝇不知道 酢浆草也
不知道
我有时候怀疑这草原也是虚构的
只是我想象力的创造

1804年 我喜欢设定时间
死掉的翅蝴蝶 干瘪的蛤蟆
成了 我未曾的唤醒
我望着将要坠落的夕阳 无比
安慰
是的 我们诉诸同情的方式
不能一成不变

2012年10月

诗人档案

田暖（1976~ ），女，本名田晓琳。中国作家协会会员，山东省作家协会签约作家。曾参加《诗刊》社第二十九届“青春诗会”。诗歌见于《诗刊》《新华文摘》等，入选多种年选。著有诗集《如果暖》《这是世界的哪里》《万物闪耀》等。曾获中国第四届红高粱诗歌奖、中国第二届网络文学大奖赛诗歌奖、第四届叶圣陶教师文学奖、山东省作家协会纪念改革开放40周年诗歌一等奖等奖项。

鱼不能飞起来却爱上了天空

田 暖

给灰尘一个去处，给鞋子一个家……
这是我每天都在重复的事情

我的梦多年前就被一个孩子盗走
现实的栅栏引领着，这个生活的仆人

上天赐赠的盐巴，一部分洒在了锅里
一部分存在眼窝，涌向泪腺的海

你看我不停地向滚滚汤水添着佐料：
辣子，酸奶，甜菜，酒精，净水……

却止不住对扑面袭人的花粉过敏，感冒
这是一百平方之外，遍地攀开惑媚的蔷薇毒

——这安娜搭乘的精神号逃亡飞车
扑簌簌落着花粉，正把我运向更久远的秘境？

而栅栏之内，一些影子叠加的小人儿让你越来越重
直到你完全丧失了自己，鱼不能飞起来却爱上了天空

鱼不能飞起来却爱上了天空

田暖

给灰尘一个去处，给鞋子一个家……
这是我每天都在重复的事情

我的梦多年前就被一个孩子盗走
现实的栅栏引领着，这个生活的仆人

上天赐赠的盐巴，一部分洒在了锅里
一部分存在眼窝，涌向泪腺的海

你看我不停的向滚滚汤水添着佐料：
辣子，酸奶，甜菜，酒精，净水……

却止不住对扑面袭人的花粉过敏，感冒
这是一百平方之外，遍地攀开盏媚的蔷薇毒

——这安娜搭乘的精神号逃亡飞车
扑簌簌落着花粉，正把我运向更久远的秘境？

而栅栏之内，一些影子叠加的小人儿让你越来越重
直到你完全丧失了自己，鱼不能飞起来却爱上了天空

（首发于《诗刊》2013年12月上半月刊）

诗人档案

林典鉋（1976~　），浙江泰顺人。中国作家协会会员。出版诗集《慢行》《在人间的春天排队》。参加了《诗刊》社第二十九届“青春诗会”。获福建第七届百花文艺奖、第二届中国刘伯温诗歌提名奖等奖项。

年夜饭

林典鉋

找出白菜叶里的小虫子
妈妈把惊慌的它们，送到草地上
然后继续洗菜叶间的尘土
很多年来，妈妈把菜刀磨得锋利
只切坚硬的马铃薯、芋头
她的小厨房，干净，锅碗瓢盆
不沾肉味，垃圾桶里卷着几片
枯掉的菜叶

白发已让她越来越没了人样儿，这让我
心慌。她那么善良、温顺
总教我多吃亏，做一个没用的人
时光的心肠就那么硬？
可是妈妈说，到这般年纪，减法活着

应该庆幸又成功地放下一个年头

切好的马铃薯片，齐整，友好
黄豆在炖罐里熬，不紧不慢
发出快乐的咕噜咕噜声响
锅里的西红柿熟了
妈妈指着它们说：
年夜饭，这个个都是好样的
鞭炮声中收拾碗筷，妈妈孩子般笑了
“我的餐桌没有血腥，只有人间烟火。”

年夜饭

林典铇

找出白菜叶里的小虫子
妈妈把惊慌的它们，送到草地上
然后继续洗菜叶间的尘土
很多年来，妈妈把菜刀磨得锋利
只切坚硬的马铃薯、芋头
她的小厨房，干净，锅碗瓢盆
不沾肉味，垃圾桶里卷着几片
枯掉的菜叶
白发已让她越来越没了人样儿，这让我
心慌。她那么善良、温顺
总教我吃亏，做一个没用的人
时光的心肠就那么硬？
可是妈妈说，到这般年纪，减法活着
应该庆幸又成功放下一个年头
切好的马铃薯齐整，友好
黄豆在炖罐里熬，不紧不慢

发出快乐的咕噜咕噜
锅里的西红柿熟了
妈妈指着它们说：
年夜饭，这个个都是好样的
鞭炮声中收拾碗筷，妈妈孩子般笑了
"我的乡亲没有血腥，只有人间烟火。"

抄于2020年6月11日

诗人档案

笨水（1974～　），生于湖南祁阳，现居新疆乌鲁木齐。参加了《诗刊》社第二十九届“青春诗会”。作品散见于《诗刊》《诗选刊》《诗歌月刊》《绿风》等刊物。入选多种选本。著有诗集《捕蝶者》。

悯刀情

笨　水

石头不想变成铁，是我们将它投进熔炉
把它烧成了铁
铁不想变成刀，是我们将它放在铁砧上严刑拷打
把它打成了刀
刀不想显露锋芒，是我们将它按在磨刀石上
把它磨出了锋芒

石头们想变成铁 是我们将它投进熔炉 把它烧成了铁
铁们想变成刀 是我们将它放在铁砧上再刑捶打把它打成了刀
刀子想显露锋芒 是我们将它按在磨刀石上把它磨出了锋芒

惆了情 诗刊社青春诗会四十周年 [illegible]书

诗人档案

江离（1978～　），本名吕群峰，生于浙江嘉兴。曾参加《诗刊》社第二十九届"青春诗会"。出版诗集《忍冬花的黄昏》《不确定的群山》。现居杭州。

重力的礼物

江　离

白乐桥外，灵隐的钟声已隐入林中
死者和死者组成了群山
这唯一的标尺，横陈暮色的东南
晚风围着香樟、桂树和茶陇厮磨

边上，溪流撞碎了浮升的弯月
一切都尽美，但仍未尽善
几位僧人正在小超市前购买彩票
而孩子们则用沙砾堆砌着房子

如同我们的生活，在不断的倒塌
和重建中：庙宇、殿堂、简陋的屋子
也许每一种都曾庇护过我们
带着固有的秩序，在神恩、权威和自存间流转

路旁，一只松鼠跳跃在树枝上
它立起身，双手捧住风吹落的
松果——这重力的礼物
仿佛一个饥饿得有待于创造的上帝

诸友，我们是否仍有机会
用语言的枯枝，搭建避雨的屋檐
它也仍然可以像一座教堂
有着庄严的基座、精致的结构和指向天穹的塔尖？

重力的礼物

河东桥外，寂静的钟声已隐入林中
死者和死者组成了群山
这唯一的标尺，横陈暮色的东南
晚风围着香樟、桂树和茶陇厮磨

边上，溪流撞碎了浮升的弯月
一切都很美，但仍未尽善
几位僧人正在小超市前购买彩票
孩子们则用沙砾堆砌着房子

如同我们的生活，在不断的倒塌
和重建中：庙宇、殿堂、简陋的屋子
也许有一种神庇护过我们
带着固有的秩序，在神恩、权威和自由间流转

路旁，一只松鼠跳跃在树杈上
它立起身，双手捧住风吹落的
松果——这重力的礼物
仿佛一个饥饿得有待于重新创造的上帝

诸友，我们是否仍有机会

用语言的枯枝，搭建避雨的屋檐

它也仍然可以像一座教堂

有着庄严的基座、精致的结构和指向天空的塔尖？

（赠《诗建设》诸友）

江离录于

二零二零年七月

诗人档案

天乐（1977~　），原名马宏亮，陕西泾阳人。著有诗集《西红柿哺乳动物》《81首短诗》《我们暂住在地球上》，公开出版诗集《与轻有关的事物》。参加了《诗刊》社第二十九届"青春诗会"。创办过诗歌网站及民刊。

泾阳县

天　乐

好像只有我
要把乡愁从泾阳县身上摘除
只有泾阳县
一步步取消我来路不明的身份
我猜，你经历了宇宙疲惫的旅行
火热的过往让你难以冷静
你再也辨认不出你的子民

而我再也辨认不出你的茂盛
你的温良和流水是否过期
辨认不出你疏密有致
曾被庞大的星空赞许
你的子民再也不会提着灯笼
在你沟壑的皱纹里尽情歌唱

大自然，烦请重新发明泾阳县
发明明镜高悬的月光
有一天，你伟岸的灵柩后
蜂拥的哀悼者
是的，我在人群中低着头
你再也辨认不出你的子民

泾阳县

天季

好像只有我
要把乡愁从泾阳县身上摘除
只有泾阳县
一步步取消我来路不明的身份
我猜，你经历了宇宙疲惫的旅行
火热的过往让你难以冷却
你再也辨认不出你的子民

而我再也辨认不出你的茂盛
你的温良和流水是否过期
辨认不出你疏密有致
曾被庞大的星空赞许
你的子民再也不会提着灯笼
在你沟壑的皱纹里尽情歌唱

大自然，烦请重新发明泾阳县
发明明镜高悬的月光
有一天，你伟岸的灵柩后
蜂拥的哀悼者
是的，我在人群中低着头
你再也辨认不出你的子民

2016.08.08

诗人档案

冯娜（1985~　），女，白族，出生于云南丽江。中国作家协会会员，广东文学院签约作家。著有《无数灯火选中的夜》《寻鹤》等诗文集多部。作品被译为英语、俄语、韩语、蒙古语等多国文字。参加了《诗刊》社第二十九届“青春诗会”。曾获中国少数民族文学骏马奖、华文青年诗人奖、广东省鲁迅文学艺术奖、美国 The Pushcart Prize 提名奖等多种奖项。

寻　鹤

冯　娜

牛羊藏在草原的阴影中
巴音布鲁克　我遇见一个养鹤的人
他有长喙一般的脖颈
断翅一般的腔调
鹤群掏空落在水面的九个太阳
他让我觉得草原应该另有模样

黄昏轻易纵容了辽阔
我等待着鹤群从他的袍袖中飞起
我祈愿天空落下另一个我
她有狭窄的脸庞　瘦细的脚踝
与养鹤人相爱　厌弃　痴缠
四野茫茫　她有一百零八种躲藏的途径
养鹤人只需一种寻找的方法：
在巴音布鲁克
被他抚摸过的鹤　都必将在夜里归巢

寻鹤

牛羊藏在草原的阴影里
巴音布鲁克 我遇见一个养鹤的人
他有长喙一般的脖颈
断翅一般的腔调
鹤群掏空落在水面的九个太阳
他让我觉得草原应该另有模样

黄昏轻易纵容了辽阔
我等待着鹤群从他的袍袖中飞起
我祈愿天空落下另一个我
她有狭窄的脸庞 瘦细的脚踝
与养鹤人相爱 飞奔 痴缠
四野茫茫 她有一百零八种躲藏的途径
养鹤人只需一种寻找的方法：
在巴音布鲁克
被他抚摸过的鹤 都必将在夜里归巢

海明
2020.7
抄录

诗人档案

微雨含烟（1974～　），女，本名李维宇。出生于辽宁铁岭。中国作家协会会员。辽宁省作家协会第七、十一届签约作家。参加了《诗刊》社第二十九届“青春诗会”，曾获辽宁文学奖诗歌奖等奖项。出版诗集《回旋》。

我们在拥抱什么

微雨含烟

琴声像在包围什么
在它颤抖的音色里，太多
被忽略的东西，浮现出来
引起我的愧疚
很多事情只在开始
你回头时的眼神，最好只定格在
那时的风中，而不是穿过许多年
你已老了
眼神还是当年的
这是不是有些过分？
我一再提起从前，比如去年
比如八月之前
鱼从江水里起身
鱼从船只的下面，游入它们的世界。

夜空在摇[illegible]什么
翠[illegible]像在[illegible]事
什么在[illegible]抖的音
色里太多被风[illegible]
的东西浮现出来……
引起[illegible]的怀[illegible][illegible]
多[illegible]情只在[illegible][illegible]
你回头时的眼神
[illegible]好[illegible][illegible]被[illegible][illegible]

时[illegible]风中一[illegible][illegible]
是你已完了此刻
这是留下了白色是不
是[illegible]过了多少一年
[illegible][illegible][illegible]家比如[illegible]年
比如一日[illegible]转人[illegible][illegible]
江水里光为[illegible][illegible][illegible]
只一趟这次空白色
界

[illegible]

诗人档案

蓝紫（1976~　），湖南邵阳人。中国作家协会会员。参加了《诗刊》社第二十九届“青春诗会”。作品散见《人民文学》《十月》《诗刊》《中国作家》《青年文学》《星星》等文学期刊。主要作品有诗集《低入尘埃》《别处》《与蓝紫的一场偶遇》《蓝紫十四行诗集》，诗歌评论集《疼痛诗学》《绝壁上的攀援》，诗歌摄影集《视觉的诗意》等。现居四川达州，任职于巴山文学院。

许多事物从身边经过

蓝　紫

照彻窗前的月亮，还是创世之初的那一轮
路过台阶的蟋蟀
还是多年前梦中走失的那一只
远处的流水和石头
在相互亲吻中完成一生

湖泊端着四平八稳的镜子
优美的水鸟凌空飞起，蝴蝶收起透明的翅膀
身后的废墟，正在形成
一个欣欣向荣的城市

许多事物从身边经过，从春到秋
花开花败，叶绿叶落
而我总是偏爱那些逐渐老去的事物
或许只是为了从时间那里得到更多

许多事物从身边经过

蓝紫

照彻窗前的月亮，还是创世之初的那一轮
路过台阶的蟋蟀
还是多年前梦中丢失的那一只
远处的流水和石头
在相互亲吻中完成一生

湖泊端着四平八稳的镜子
优美的水鸟凌空飞起，蝴蝶收起透明的翅膀
身后的废墟，正在形成
一个欣欣向荣的城市

许多事物从身边经过，从春到秋
花开花败，叶落叶绿
而我总是偏爱那些逐渐老去的事物
或许只是为了从时间那里得到更多

（载《诗刊》2013年12月上半月"青春诗会专号"）

流觞诗醉

——第二十九届“青春诗会”侧记

彭 敏 李晓晨

1

古城绍兴已经两千五百多岁了。漫长的岁月里，浪潮喷涌光华流转。王羲之的书法、嵇康的琴声、陆游的诗篇、徐渭的丹青、鲁迅的文字……像一颗颗璀璨的星辰照耀着这片天空。

2013年秋天的绍兴，又迎来了中国诗歌界一年一度的盛事——《诗刊》社第二十九届“青春诗会”。绍兴灿烂高华的历史文化和“青春诗会”的浪漫多姿的诗歌传统，在这收获的季节热烈地交汇，让微冷的季节腾起了一股股跃动的暖流。

从10月14日开始，参会的诗人及嘉宾便开始陆续抵达。以诗为名，因诗而聚。有了诗歌这个共同的纽带，大家相互之间无论新相识还是“老相好”，很快便开始了热烈的交流。

15日下午，全部人马到齐。晚餐是比较自由简便的自助餐，桌与桌之间的界限几近于无，于是便出现了八九个人围着一张四人餐桌谈笑风生，和某些人端着菜盘子这桌坐坐那桌侃侃四处流窜的“乱象”。经过几轮混战，所有人都变得亲密无间，言谈举止间再也无法分出谁和谁是相交多年，还是素昧平生。只有一股其乐融融的气氛，弥漫在餐厅里。

第二十九届“青春诗会”指导老师与学员们身着唐装合影

晚上九点，召开了预备会。《诗刊》副主编商震主持会议。他对参加本届“青春诗会”的十五位青年诗人表示祝贺，并简单介绍了从征稿到评选的一系列流程。他希望大家好好珍惜这次学习提高的机会，在尽情享受绍兴风物人情的同时，好好打磨自己的作品，向读者、向诗坛交出一份令人满意的答卷。

2

16日上午，第二十九届“青春诗会”隆重开幕。中国作家协会副主席何建明，浙江省作协党组书记臧军、副书记曹启文，中共绍兴市委常委、宣传部部长尹永杰，以及几十位来自各地的诗人、诗评家、作家出席了开幕式。

何建明代表中国作家协会向“青春诗会”的召开表示祝贺。他说：“对年轻的诗人们而言，‘青春诗会’是一个新的开始。由此，你们对诗歌的认识会更加成熟。诗歌给予人类在阴霾中看到阳光和彩

第二十九届“青春诗会”女同学合影。从左至右：冯娜、微雨含烟、桑子、离离、田暖、蓝紫

虹的机会。诗人可能是贫穷的，但诗人的灵魂应该是高贵的；诗人可能是弱小的，但诗歌的力量是强大的。正值青春的诗人要把个人的胸怀、目标和追求融入国家和民族的发展中，书写个人梦想的诗篇，书写充满诗意的‘中国梦’。”

尹永杰代表绍兴市政府向与会者表示欢迎。他谈到，诗歌是一颗散发着耀眼光芒的明珠，希望这颗明珠在这座古城拥有更夺目的光彩。谢冕以“三十而立”作为对本届“青春诗会”的寄语。他说，明年将是第三十届“青春诗会”，在这个重要的节点上，应当思考更多与诗歌有关的命题，让诗歌更好地作用于人类的内心和灵魂。诗人离离代表参加诗会的十五位诗人发言。她说，因为爱诗，所以敏于发现，精于表达，诗歌平添了生活的色彩，也让生命变得扩大与丰盈。

参加第二十九届“青春诗会”的十五位诗人可说是生逢其时——在“青春诗会”的历史上，这是第一次为每一位参会的诗人出版诗集。“第二十九届‘青春诗会’诗丛”酝酿已久，经过《诗刊》社和漓江出版社的共同努力，在诗会期间华丽亮相，并在著名的沈园景区举行了隆重的丛书首发式及朗诵会。

商震介绍说，这十五位诗人是从各地的诗人来稿中严格挑选出来的，基本代表了当下青年诗人的创作水准。这十五位诗人的年龄都在四十岁以下，是正处在成长期的诗人。选择他们参加“青春诗会”，就是希望他们用自己的文学实践和尚待成熟的作品向中国诗歌报到。

3

诗人相聚，从来都是雅兴无边。更何况，在绍兴这样一个东南形胜之地举办一场关于青春和诗歌的盛会，无疑会是一次温暖和百感交集的旅程。

兰亭，是东晋著名书法家王羲之的寄居处。相传春秋时越王勾践曾在此植兰，汉时设驿亭，故名兰亭。公元353年，王羲之与友人谢安、孙绰等四十二人聚会于兰亭，行修禊之礼，曲水流觞，饮酒赋诗。后来王羲之汇集各人的诗文编成集子，并为之写了一篇序，这便是著名的《兰亭集序》。

一千六百余年过去。人世几回伤往事，山形依旧枕清流。我们一行人到达当年他们曲水流觞饮酒赋诗的地方，穿上了古人的装束，真真切切地感受了一回古人的风流蕴藉。脱下古装时，我们仿佛醒自一场大梦。

鲁迅故居所在的东昌坊口，如今已经改名为鲁迅路。一个城市对它优秀的子嗣，果然是厚爱有加。

在百草园中我们不由自主地少年兴起，学着当年的鲁迅尽情玩耍，好不欢腾。不过可惜，到了三味书屋却只能隔着栏杆深深凝望，无法进入其中坐到课桌前拟想旧日时光。

城上斜阳画角哀，沈园非复旧池台。从著名的鲁迅故居到著名的沈园，区区几步路而已。难以想象，一座城市居然能够奢华至此。

沈园千载盛名，是因为两位邂逅于此的有情人、诗人。其中一位是大诗人陆游。

我们去到沈园时，正是荷尽已无擎雨盖。园中风物，古人行迹，青春的面颊，唏嘘往事的幻影。在那“曾是惊鸿照影来”的小桥绿波旁，是一座花木掩映的回廊。一块块系着风铃的木牌在风中轻轻摇曳。我们徜徉其间，饶有兴味地阅读着游人在上面留下的种种“与子偕老”之类的涂鸦。

4

几天时光，匆匆而逝。还未学会相聚，便要依依别离。在诗会结束的前一晚，十五位参会的青年诗人、《诗刊》社全体编辑、几位绍兴当地诗人，寻了一家庭院深深的茶馆，围着一张长桌置酒为欢。

相聚虽然短暂，欢乐却是绵长。有青春在身畔，有诗歌在行囊。我们前途似海，我们来日方长。

青春诗会

第三十届

2014

第三十届（2014 年）

时间：

2014 年 10 月 11 日 ~ 15 日

地点：

海南陵水、三亚

指导老师：

商　震、谢　冕、荣　荣、大　解、汤养宗、靳晓静、霍俊明等

参会学员（15 人）：

王彦山、玉　珍、吉　尔、麦　豆、陈　亮、张巧慧、李宏伟、李孟伦、杜绿绿、林　森、孟醒石、爰　松、徐　钺、影　白、戴潍娜

第三十届“青春诗会”学员全家福。左起：徐钺、李宏伟、陈亮、麦豆、爱松、吉尔、张巧慧、玉珍、戴潍娜、杜绿绿、李孟伦、林森、影白、孟醒石、王彦山

诗人档案

王彦山（1983~ ），山东邹城人，现居江西。诗歌发表在《诗刊》《中国作家》《钟山》《天涯》等刊物，入选《2009：文学中国》等选本。中国作家协会会员。参加了《诗刊》社第三十届“青春诗会”。出版诗集《一江水》《大河书》。先后获三月三诗歌奖、中国新锐诗人奖、中国青年诗人新锐奖、南昌市滕王阁文学奖等奖项。

旧火车

王彦山

曾经，它们团结如钢
以不容商量的口气
黑着脸，驶过华北平原上
我的村庄，我的童年
因此有了久久的不可平复的
隐秘的激情。它们喘息着
在我家最远的一块地边上
停了下来，阳光下，闪闪发亮的煤
拥有了自燃的勇气，养蜂人和他的蜂箱
在酝酿春天的蜜，军绿色的卡车里
坐着表情坚毅的战士，他们全副武装
仿佛正在奔赴前线，它们咆哮着再次上路
喷吐着黑烟，抖动犀牛般有力的屁股
消失在地平线上，一个农村少年神启般地

完成了对远方的自我启蒙
那是 20 世纪 90 年代初夏日的一天
他的启蒙，借助一辆怪脾气的旧火车完成

旧火车

王彦山

曾经，它们团结如钢
以不容商量的口气
黑着脸，驶过华北平原上
我的村庄，我的童年
因此有了久久的不可平复的
隐秘的激情。它们喘息着
在我家最远的一块地边
停了下来，阳光下，闪闪发亮的煤
拥有了自燃的勇气，养蜂人和他的蜂箱

在酝酿春天的蜜，草绿色的卡车里
坐着表情坚毅的战士，他们全副武装
仿佛正在奔赴前线，它们咆哮着再次上路
喷吐着黑烟，抖动犀牛般有力的屁股
消失在地平线上，一个农村少年神启般地
完成了对远方的自我启蒙
那是20世纪80年代初夏日的一天
他的启蒙，借助一辆怪脾气的旧火车完成

诗人档案

玉珍（1990～　），女，生于湖南炎陵。主要创作以诗歌为主，兼以随笔，小说。作品见《人民文学》《十月》《花城》《作家》《诗刊》《长江文艺》《青年文学》《汉诗》等刊物。出版诗集《燃烧》等。参加了《诗刊》社第三十届“青春诗会”。

清　晨

玉　珍

我渴望美与伤痛的协调
玫瑰与荆棘，懂得相敬如宾
准备好白润的牛奶
滴入栀子叶上新鲜的露珠
准备好将木桶装入初阳
秋千上挂着藤萝花

我认为活着应该美好而生命
将同我一样善良
爱情，这神圣的事物
需要耐心与天真，我几乎看见
在最远的地方，站着最近的你

一天就要开始了
这新鲜让你永不老去

清晨　王晓

我渴望着每个苏醒的时刻
树枝与新鲜、藤蔓相恋如夏
准备好白润的牛奶
调入杯子叶上新鲜的露水
准备好梳子梳洗了的那时
把手上提着蔓藤的春光

我认真读着万物是如何生存
将如我一样善良
看着，这些美的事物
是那样的美丽
我们只看见，在最远的地方
站着最近的你

一天就要开始了
这新鲜让你永不老去

2020.4.4

诗人档案

吉尔（1979~　），女，本名黄凤莲，祖籍山东德州。中国作家协会会员。医务工作者。作品见于《诗刊》《星星》《中国诗歌》《诗探索》《诗选刊》《扬子江诗刊》等，并收录于十多种年度选本。参加了《诗刊》社第三十届“青春诗会”。出版诗集《世界知道我们》。获首届“诗探索·中国春泥诗歌奖”，现居新疆阿克苏地区库车市。

女人，抑或万物静谧

吉　尔

深夜用体温爱一个女人
爱她的偏执、信仰、暴雨和疯狂
她常常手脚冰凉。用词语取暖
拆分、组合。把珍珠和贝壳串成海水

她常常独对夜空，拽着时间的衣襟
看着剧本日渐荒芜，如同死去的尼雅

统治一个夜晚——
她从来就是个倔强的女人
骨子里流着苦难的血，她爱这个世界
爱她皮肤下的伤痕，那些街头小贩
钢镚里的生活

夜晚越来越短，她写的越来越慢
直到多种身份在她身上和解
直到雪豹和女人
住在同一具身体。她饮下黑暗
——夜晚明亮，万物静谧

女人，抑或万物静谧

夫尔

深夜用体温爱一个女人
爱她的偏执、信仰，暴雨和疯狂
她常常手脚冰凉。用词语取暖
拆分、组合。把珍珠和贝壳串成海风

她常常独对夜空，找寻时间的衣襟，
看着身体日渐荒凉，如同死去的尼雅

依次一个夜晚 ——
她从来就是个倔强的女人

骨子里流着苍茫的血，她爱过了世界
爱她白肤下的伤痕、那些街头小妓女
钢镚里的生活

夜晚越来越短，她写的越来越慢
直到雪豹和女人
住在同一具身体。她饮下黑暗
—— 夜晚明亮， 万物静谧

写于2014年 抄于2020年6月

诗人档案

麦豆（1982~ ），江苏连云港人。中国作家协会会员。鲁迅文学院第三十一届高研班学员。参加了《诗刊》社第三十届“青春诗会”。曾获汉江安康诗歌奖、紫金山文学奖等奖项。出版诗集《返乡》《在皇冠镇》。

白　鹭

麦　豆

看它们在黄昏的河面上飞
雪白的翅膀，张开
雪白，雪白

一天，一天
又一天
像世界永不消失的一部分

终于，有一天
我没有看见它们
再没有看见它们

白鹭

麦豆

看它们在黄昏的河面上飞
雪白的翅膀，张开
雪白，雪白

一天，一天
又一天
像世界永不消失的一部分

终于，有一天
我没有看见它们
再没有看见它们

2020年5月7日抄于南京

诗人档案

陈亮（1975～ ），生于山东胶州。中国作家协会会员。诗歌入选《中国新诗百年百首丛书》《诗刊创刊60年诗选》《建国60年文学大系》《新中国70年优秀文学作品文库》等各种选本。曾获第十二届华文青年诗人奖、首届李叔同诗歌奖、“十大农民诗人”称号、第四届泰山文学奖等奖项。参加了《诗刊》社第三十届“青春诗会”。部分诗歌被翻译成英文、俄文、日文、韩文等文字。出版诗集多部。近年漂居北京。

温　暖

陈　亮

那些小路是温暖的，被暮色舔着
被庄稼的香气熏着
泛出微茫的白光
是人们走走停停走出来的那一种白
是柴草的骨灰洒在土上的那一种白
那面落满鸟屎的东山墙是温暖的
墙上有个铁环，牵出的马在这里
踢踏打转，晃动肥膘
用尾毛扑打着发红的蝇虫
它咴咴叫着，散发出亢奋
或少许劳役怨气
游街的豆腐梆子是温暖的
好久没见到他了，今天又突然出现
头顶金光闪闪，宛如菩萨

传说他患了癌症，相信这不是真的
父亲是温暖的
他几乎一直在菜园的井台上
拔水浇灌，井水热气腾腾
让他瞬间就虚幻了
看不出他是六十岁、五十岁还是二十岁
而母亲蹲在那里摘菜、捉虫
时间久了就飘回家去——
你也是温暖的，那一年我在家养伤
墙上的葫芦花开了
你一早去邻家借钱，轻易就借到了
你的脸沁出汗
不断说好人多，好人多
一头羊是温暖的，天就要黑了
它还在吃草，肚子很大，准备要生育了
鼓胀的乳房拖拉出奶水
它的眼里，还有声音里
有一种让心肝发颤的东西
它嘴里永远嚼着什么，似要嚼出铁沫来

温暖　陈亮

那些山路是温暖的，被暮色绿着
被庄稼的香气熏着
泛出微弱的白光
是人们走走停停走出来的那一种白
是紫苹的碎花洒在土上的那一种白
那面落满鸟屎的东山墙是温暖的
墙上有个铁环，牵出的马在这里
踢蹬打转，晃动肥膘
用尾巴扑打着发红的蚊虫
它咴咴叫着，散发出亢奋
或少许苦役怨气
满街的豆腐梆子是温暖的
好久没见到他了，今天又突然出现
头顶金光闪闪，宛如菩萨
传说他患了癌症，相信这不是真的
父亲是温暖的
他几乎一直在菜园的井台上
挑水浇菜，井水热气腾腾
让他瞬间就虚幻了

看不出他是六十岁、五十岁、还是二十岁
和四家婶在那里摘菜、挑出
时间久了就跑回家去
你也是沿路的，那一年我在家养病
墙上的葫芦花开了
你一早去邻家借钱，轻易就借到了
你的脸泛出汗
不断说好人呀、好人呀
一头羊也是沿路的，天就要黑了
它还在吃草，肚子很大，准备要生育了
鼓胀的乳房能挤出奶水
它的眼里，还有声音里
有一种让心灵发颤的东西
它嘴里我还嚼着什么，似要嚼出铁津来

2020年5月17日

诗人档案

张巧慧（1978~ ），女，浙江慈溪人。中国作家协会会员。参加了《诗刊》社第三十届青春诗会。第八次全国青年作家创作会。获2015年度华文青年诗人奖、於梨华青年文学奖、储吉旺文学奖、三毛散文奖等奖项。入选“新锐女诗人二十家”。出版作品五部，作品见于《人民文学》《诗刊》等几十种文学刊物及年度选本。

青鸾舞镜

张巧慧

我曾拓过一枚汉镜，浮雕与铭字
已残缺
——那只青鸾去了哪里？
愈来愈偏爱这些无用之物，聊以打发时光
打发平滑的镜面般的生活

——是谁的镜像？

镜中妇人面容模糊
但孤独
那么清晰
穿白衬衣的女孩在自拍
她尚未意识到
青春是一种资本
也未曾听过青鸾舞镜

我曾拓過一枚漢鏡
浮雕與銘字　已殘缺
那隻青鸞去了哪裏
愈來愈偏愛這些無用之物
聊以打發時光
打發平滑的鏡面般的生活
是誰的鏡像

鏡中婦人面容模糊
但孤獨
那么清晰
穿白衬衣的女孩在自拍
她尚未意識到
青春是一種資本
也未曾聽過青鸞舞鏡

庚子五月張巧慧

诗人档案

李宏伟（1978~　），四川江油人，现居北京。著有诗集《有关可能生活的十种想象》，长篇小说《平行蚀》《国王与抒情诗》《灰衣简史》，中短篇小说集《假时间聚会》《暗经验》《雨果的迷宫》，对话集《深夜里交换秘密的人》等。获2014《青年作家》年度表现奖、徐志摩诗歌奖等奖项。

致永恒静默者（组诗节选）

李宏伟

32

即使在南方，桃花也是小语种饮料
小口径的火放出来，低空燃烧
局部醉意得以向左提升一度
不留灰烬地酡红一片私有山水

来到北方，桃花带不上整座桃园
披针形叶子在尖端解不开语言障碍
仰赖回忆和书信恢复一些季节
暂住树根深处，也是同一个少年

桃子主动敞开领地，拿出桃核
接纳另一个尚在成型的水果
磕下头去，从此成为尘世的兄弟

瘤节上的朋友。不需要剪枝与嫁接
每个初雪天来饮一杯
桃花便浇灌成了或然性的兰或者梅

致永恒静默者（组诗）

李宏伟

32

即使在南方，桃花也是小语种饮料
小口径的火放出来，低空燃烧
局部醉意得以向左提升一度
不留灰烬地酿红一份私有山水

来到北方，桃花带不上整座桃园
披针形叶子在尖端解不开语言障碍
仰赖回忆和书信恢复一些季节
暂住树根深处，也是同一个少年

桃子主动敞开领地，拿出桃核
接纳另个尚在成型的水果
磕下头去，从此成为尘世的兄弟

瘤节上的朋友。不需要剪枝与嫁接
每个初雪天来饮一杯
桃花便被浇灌成了或然性的兰或者梅

2013.12.1

诗人档案

李孟伦（1974～ ），海南乐东黄流人。中国作家协会会员。参加了《诗刊》社第三十届“青春诗会”。作品散见于《诗刊》《人民文学》《天涯》《诗林》等刊物，有数十首诗歌入选《值得中学生珍藏的100首诗歌》《中国新诗排行榜》《中国当代诗歌导读》等四十多部诗选集，并被翻译成英文、韩文、越文等。出版诗集《青黄集》《走入世纪的瞳孔》《创世记》《在万物入睡的地方》《煮海》和长篇小说《太阳之门》等。

拜谒临高居仁瀑布

李孟伦

是九天外飞来的一帘瀑布
是李白千年的月光
是庄子逍遥的秋水
带着太阳怀抱月亮和星星
深入老子的大地
照亮了蛰伏的黑夜
一瓣瓣的光莲花般灿烂
灿烂了芸芸众生
在这风生水起的地方
让生命在生命中绽放
普惠这方圆上千里的山川与百姓

这半空中蒸腾的水雾
不是杜甫百年的秋霜

是雅典娜女神呼出的灵气
是观音菩萨手里的仙脂露
蕴孕着苍天万年来的光辉
成熟了不老的岁月
在阳光抵达的地方
有鸟语有蛙鸣有花香
在老子的天空下
让炊烟袅绕不断
让大地随水年青生生不息

今天，我走近瀑布
就走进了瀑布里，发现——
我，不过是瀑布里的一滴水
或许是半空中的一束灵光
随梦蝶在水雾中羽化
同清泉在大地上流淌

拜谒临高居仁瀑布

李孟伦

是九天飞来的一帘瀑布
是李白千年的月光
是庄子逍遥的秋水
带着太阳怀抱月亮和星星
深入老子的大地
照亮了蛰伏的黑夜
一瓣瓣的光莲花般灿烂
灿烂了芸芸众生
在这风生水起的地方
让生命在生命中绽放
普惠这方圆上千里的山川与百姓

这半空中蒸腾的水雾
不是在酋百年的秋霜
是雅典娜女神呼出的灵气

是观音菩萨手里的仙脂露
蕴孕着苍天万年来的光辉
成熟了不老的岁月
在阳光抚过的地方
有鸟语有蛙鸣有花香
在老子的天空下
让炊烟袅绕不断
让大地随水年青生生不息

今天，我走近瀑布
就走进了瀑布里，发现——
我，不过是瀑布里的一滴水
或许是半空中的一束灵光
随梦蝶在水雾中羽化
同清泉在大地上流淌

诗人档案

杜绿绿（1979~　），女，原名杜凌云，出生于安徽合肥。诗人。出版诗集有《近似》《冒险岛》《她没遇见棕色的马》《我们来谈谈合适的火苗》等。曾获《十月》诗歌奖等奖项。参加了《诗刊》社第三十届“青春诗会”。现居广州。

她没遇见棕色的马

杜绿绿

女人老了，
但是没有棕马驮她回家。
她在树下刷马鞍
像是明天就要出发。
谁都以为她要走了，她也这么打算。

如果回家的小径从密林里显现，
走回去也可以，
她不在乎路途遥远。
如果什么也没有出现，
丛林深处，
黑夜还是黑夜
她在无穷的虚空里刷马鞍。

早上好。
她对着月亮叫起来。

她没遇见棕色的马

女人老了，
但是没有棕马驮她回家。
她在树下刷马鞍
像是明天就要出发。
谁都以为她要走了，她也这么打算。

如果回家的小径从密林里出现，
走回去也可以，
她不在乎路途遥远。
如果什么也没有出现，
丛林深处，
黑夜还是黑夜，
她在无穷的虚空里刷马鞍。

早上好。
她对着月亮叫起来。

杜绿绿 2014.

诗人档案

林森（1982～　），出生于海南澄迈。诗人，作家。主要著作有小说集《小镇》《捧一个冰椰子度过漫长夏日》《海风今岁寒》《小镇及其他》，长篇小说《关关雎鸠》《暖若春风》《岛》，诗集《海岛的忧郁》《月落星归》，随笔集《乡野之神》等。曾获茅盾文学新人奖、《人民文学》奖、百花文学奖、华语青年作家奖、《北京文学》奖、《长江文艺》双年奖、海南文学双年奖等奖项。作品入选《收获》文学排行榜、中国小说排行榜、《扬子江评论》文学排行榜等。

暴雨将至

林　森

怎么用一句话，在暴雨将至之时
装下所有的雷声？那轰鸣自远而近
带着骄傲、羞耻和惭愧
还得装下所有的雨水，让句子湿润
让句子成为一口缸、一眼井或者一条
水位上涨的河
仍要装下阳光——不甘退去的那群小孩
它们在努力，从乌云的缝隙中钻出来
那天那场雨也得装下
那些消失在时光中的水
都得在一句诗中，闪耀光泽

那句话，我想不出，就像我想不出
天空为何那么空？装下了那么多雷鸣、雨水和阳光
可它还是那么空

暴雨将至

怎么用一句话，在暴雨将至之时
装下所有的雷声？那轰鸣自远而近
带着骄傲、羞耻和惭愧
还得装下所有的雨水，让句子湿润
让句子成为一口缸、一眼井或者一条
水位上涨的河
仍要装下阳光——不甘退去的那群小孩
它们在努力，从乌云的缝隙中钻出来
那天那场雨也得装下
那些消失在时光中的水
都得在一句话中，闪耀光泽

那句话，我想不出，就像我想不出
天空为何那么空？装下了那么多雷鸣、雨水和阳光
可它还是那么空

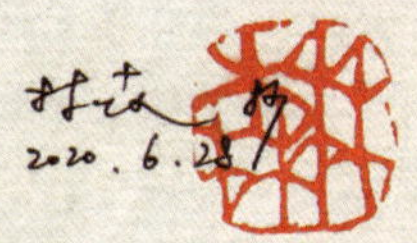
2020.6.28

诗人档案

孟醒石（1977~　），河北无极人。曾参加《诗刊》社第三十届“青春诗会”，鲁迅文学院第三十一届中青年作家高研班。中国作家协会会员。河北文学院签约作家。曾获孙犁文学奖、贾大山文学奖、《芳草》杂志汉语诗歌双年十佳等奖项。出版有《周润发画传》等。

充　盈

孟醒石

雨后，走在上庄镇的夜色中
风吹过我，身体感受到
瓷器出土之前的沁凉
年少时，见到空空的梅瓶
总有一种往里面灌入烈酒的冲动
而今，见到空，就空着吧
时间已经不多了，可我还是愿意等
等梅花盛开，等大雪压下来
我们在雪中散步，不折一枝
两个相爱的人，两种空，碰到一起
都会全力避免对方破碎
等黄土压下来，灌入心腹中
我们毫不相干，又彼此充盈

充盈

孟醒石

雨后，走在上庄镇的夜色中
风吹过我，身体感受到
瓷器出土之前的沁凉

年少时，见到空空的梅瓶
总有一种往里面灌入烈酒的冲动
而今，见到空，就空着吧

时间已经不多了，可我还是愿意等
等梅花盛开，等大雪压下来
我们在雪中散步，不折一枝

两个相爱的人，两种空，碰到一起
都全力避免对方破碎
等黄土压下来，灌入心腹中
我们毫不相干，又彼此充盈

2017.6.2.

诗人档案

爱松（1977~　），本名段爱松，云南昆明晋宁人。中国作家协会会员。出版诗集《巫辞》《弦上月光》《在漫长的旅途中》《天上元阳》，长篇小说《金缕曲》，长篇纪实文学《云南有个郑家庄》等。参加过《诗刊》社第三十届“青春诗会”。获第三届中国长诗奖、《安徽文学》年度小说奖、云南文化精品工程奖、云南优秀作家奖、云南省文学艺术创作奖等奖项。

谷　雨

爱　松

这是父亲，归来的声音
这是母亲，离去的声音
这是分不清父亲和母亲的声音

这是无缘再见的声音
这是无法喊出的声音
这是你抵御影子，哭泣无数的声音

这是谁来，替代谁的声音
这是谁能，埋葬谁的声音
这是对着死亡叫不出的声音
这是朝向我们，大风吹落的祖先

谷雨

袁松

这是父亲，归来的声音
这是母亲，离去的声音
这是分不清父亲和母亲的声音

这是荒漾再见的声音
这是无法喊出的声音
这是你踩碎影子，哭泣无数的声音

这是谁来，替代谁的声音
这是谁被，埋葬谁的声音
这是对着风云从不来的声音
这是朝向我们，大片吹落的祖先

2014.7

诗人档案

徐钺（1983~ ），生于山东青岛。2001年考入北京大学，2015年获文学博士学位，现于北京某高校任教。写作诗歌、小说、评论等。2008年获未名诗歌奖、2014年获《诗刊》发现新锐奖及《星星》年度大学生诗人奖等奖项。参加了《诗刊》社第三十届“青春诗会”。出版诗集《序曲》《一月的使徒》《序曲》(新版)，小说集《牧夜手记》。亦从事英文文学著作的中文翻译。

暗之书（或论历史）

徐　钺

1

此刻，梦和窗帘渐渐稀薄。风像岁月吹来
把燥热的申请陈述翻动。
熄了灯的屋里，一只蜘蛛缓缓撕着飞蛾的翅膀
你能听到时间被黑的手套递向另外一双。

星光的蝉在喧嚣。星期一和星期二过早苏醒。
被虫蛀过的被单探出你孩子的眼睛：
“您有天花吗，您有我妈妈的天花吗？
——我想，我弄丢了它。”

2

我的安静的妻子，我的安静的生活。我宁愿
我们曾在一起，而不是现在：
一只兔子披着果戈理的外套住在我的家里
计算它温顺的工龄。

而我的寿命：是谁算错了一个月，一年？
黑色辩护人的上方，以死人命名的星在鼓掌。
可爱的法官伪装成燕子
用嘴筑巢，啄我漏洞百出的屋顶。

3

曙光像狼群在城市的栅栏外徘徊。此刻
有人怀揣我所有的证件躺在我的床上，睁大
他的眼睛，害怕被人认错，或者
被粗枝大叶的时代抓走。

没有酒，只有昨天烧沸的水。工作。
我和我的狗坐在门前，守着被瞳孔瞪大的卧室。
当第一束光从门廊外射进，我们就站立
准备：将第二束和它捆在一起。

4

像强健的蜘蛛的劳作，身世缝补着自己。
不是过去，而是那些危险的尚未到来的命运
在阴影里呵气：黎明时分
那不管你意愿的、愈加稀薄的窗帘。

你不记得，我曾和你梦到同样的记忆。尽管
那被拔掉两扇翅膀的蛾子
也还在抗争：在某个纪录影片的第一幕里
变得缓慢，像一桩凶杀案的现场。像一次真相。

暗之书（或论历史）

徐钺

1

此刻，梦和窗帘渐渐稀薄，风像岁月吹来
把燥热的申请陈述翻动。
熄了灯的屋里，一只蜘蛛缓缓撕着飞蛾的翅膀
你能听到时间被黑的手套递向另外一双。

星光的蜂在空巢，星期一和星期二过早苏醒。
被虫蛀过的被单探出你孩子的眼睛：
"你有天花吗？你有我妈妈的天花吗？
——我想，我弄丢了它。"

2

我的安静的妻子，我的安静的生活，我宁愿
我们曾在一起，而不是现在：
一只兔子披着果戈理的外套住在我的家里
计算它温顺的工龄。

而我的寿命：是谁算错了一个月，一年？
黑色辩护人的上方，以死人命名的星在鼓掌。
可爱的法官分裂成燕子
用嘴筑巢，啄我漏洞百出的屋顶。

3

曙光像狼群在城市的栅栏外徘徊。此刻
有人怀揣我所有的证件躺在我的床上，睁大
他的眼睛，害怕被人认错，或者
被粗枝大叶的时代抓走。

没有酒，只有昨天烧沸的水。工作。
我和我的狗坐在门前，守着被瞳孔撑大的卧室。
当第一束光从门廊外射进，我们就站立
准备：将第二束和它捆在一起。

4

像强健的蜘蛛的劳作，身世缝补着自己。
不是过去，而是那些危险的尚未到来的命运
在阴影里叹气：黎明时分
那不管你意愿的、愈来愈浓的窗帘。

你不记得，我曾和你梦到同样的记忆。尽管
那被拔掉两扇翅膀的蛾子
也还在抗争：在某个纪录影片的第一幕里
变得缓慢，像一桩凶杀案的现场。像一次真相。

诗人档案

影白（1977~ ），原名王文昌，生于云南昭通。参加了《诗刊》社第三十届“青春诗会”。鲁迅文学院第三十一届高研班学员。作品散见于《人民文学》《诗刊》等刊物。著有诗集《红尘记》。

无　用

影　白

微醺仅够怀人
再斟半碗，无非是让头再低一些。
今夜，雨水赐我璀璨
而喧嚣的孤寂。
你告诉我
琥珀，在这场哗哗作响的障眼法中
仅仅是我
觊觎的隐喻。
“一个人，要想知道自己有多么
无用
我告诉你
写诗是一条不错的捷径！”
我的爪子。那人。这
旋转的琥珀

微醺僅夠懷人，再斟半碗
無非是讓頭再低些。今夜
加水賜我璀璨而喧囂的孤
寂。你告訴我琥珀，在這場
嘩嘩作響的障眼法中僅僅是
我醜陋的隱喻。一個人要想
知道自己有多麼無用，我告
訴你，寫詩是一條不錯的捷
徑。我的爪子。那人。這旋轉的
琥珀。

庚子夏抄舊作無用
彭何於朱提

诗人档案

戴潍娜（1985~　），女，江苏南通人。毕业于牛津大学。杜克大学访问学者。出版诗集《我的降落伞坏了》《灵魂体操》《面盾》等，文论《未完成的悲剧——周作人与霭理士》，翻译有《天鹅绒监狱》等。自编自导戏剧《侵犯》。主编杂志《光年》。出版英文诗集《用蜗牛周游世界的速度爱你》。荣获2014中国·星星诗歌奖年度大学生诗人、2014现代青年年度十大诗人、2017太平洋国际诗歌奖年度诗人、2018海子诗歌奖提名奖等奖项。

炒　雪

戴潍娜

喜欢这样的一个天
白白地落进了我锅里

这雪你拿走，去院外好生翻炒
算给我备的嫁妆
铺在临终的床上

京城第一无用之人与最后一介儒生为邻
我爱的人就在他们中间
何不学学拿雄辩术捕鱼的尤维亚族
用不忠实，保持了自己的忠诚
这样，乱雪天里
我亦可爱着你的仇家

炒雪

喜欢这样的一个天
白白地落进了我锅里

这雪得拿走，去院外好生翻炒
算给我备的嫁妆
铺在临终的床上

京城第一无用之人 与最后一个儒生为邻
我爱的人活在他们中间
何不学学拿雄辩术捕鱼的古维亚族
因不忠实，使得配的忠诚
这样，乱雪天里
我方可 爱着你的仇家

戴潍娜

不同的音色，都渴望唱出动听的歌

——《诗刊》社第三十届“青春诗会”侧记

黄尚恩

“每一个人在内心都是一个诗人，直到最后一个人死去，最后一个诗人才死去。”奥地利心理学家弗洛伊德的这句话道出了每个人内心对诗意的向往。特别是年轻人，他们有着朝气蓬勃的心灵，最容易受缪斯女神的鼓动，执着于一首首或美丽或忧伤的诗。作为《诗刊》社的品牌活动，“青春诗会”三十多年来始终关注年轻人的诗歌创作，为他们提供了良好的学习机会和走向诗坛的平台。由此，一大批青年诗人逐渐自信起来，成长起来。

今年，“青春诗会”正好走到第三十届，这是一个令主办方和参会诗人都特别关注的节点。10月11日至15日，王彦山、玉珍、吉尔、麦豆、陈亮、张巧慧、李宏伟、李孟伦、杜绿绿、林森、孟醒石、爱松、徐钺、影白、戴潍娜十五位青年诗人汇聚海南，共同参加这一届诗会。诗歌批评家谢冕在诗会开幕式上说，1980年的夏季，在北京，在北戴河，有一群人为诗而聚会。那就是第一届“青春诗会”，只不过那时候叫作“青年诗作者创作学习会”。三十四年后，我们来到海南陵水县和三亚市，继续这场“青春的聚会”。“青春诗会”如今已经举办了三十届，但年年有新面孔、届届有收获，青春总也不老，诗歌总是年轻。

爱松与谢冕老师合影

诗会期间，孟醒石与谢冕老师合影

诗会期间，玉珍与大解老师合影

主办方邀请诗人荣荣、大解、汤养宗、靳晓静和诗歌评论家霍俊明担任本届诗会的辅导员。参会诗人分为五组，每组由一位辅导老师和一位《诗刊》编辑带队，对提交的诗歌稿件进行详细讨论。荣荣说，当下年轻人关注的东西比较多，对问题的思考也比较深刻。在他们的作品中，我们会读到很多尖锐的、具有痛感的词句，当然也不乏一些让人感到温暖的细节。大解认为，这一届参会诗人的写作水平还是比较整齐的，但也存在一些问题值得去关注。一首诗中，如果没有诗人的在场，没有体现出写作者个人的气息，就很难让读者感到信服。诗歌写作如果不及物，光靠语言的铺陈，同时又没法抵达绝对真理，就不会给人留下深刻印象。

无论是在改稿会场还是在行走的车上，参会的青年诗人之间都积极地进行交流，指出彼此作品中存在的问题。围绕“现在是否迎来了诗歌盛唐时代”、“是否存在‘学院派’和‘日常生活派’的严格区分”、“诗歌与小说的价值差异”等问题，甚至出现了比较激烈的争论。《诗刊》常务副主编商震说，争辩意味着他们对诗歌“较真”。他们虽然身居天南地北，职业、性情各异，但是他们对诗歌的追求和理想是一致的。

第三十届“青春诗会”学员合影。前排左起：影白、张巧慧、林森、李孟伦、孟醒石；后排左起：杜绿绿、陈亮、爱松、吉尔、玉珍、麦豆

与去年类似，《诗刊》社推出了“第三十届青春诗会诗丛”，为每一位诗人出版了一本诗集。今年有些特殊，还添了一本《“青春诗会”三十年诗选》。该书由《诗刊》社组织编选，霍俊明执行具体选稿工作，在作家出版社推出。《诗刊》社从参加前二十九届“青春诗会”的四百二十一位诗人中精选出一百三十八位，由编者根据他们发表在《诗刊》“青春诗会专号”上的作品进行选稿，最终有二百三十九首（组）诗入选。霍俊明在新书首发式上介绍说，入选的诗作都以最初发表在《诗刊》上的为准，包括标点符号、字句、分行、分节等都保持了最初的样貌，以突出这些诗产生的现场感和历史环境。与这些“最初之诗”相比，后来一些诗人对作品进行了比较大的改动，才收入自己的诗集。有些诗人甚至日后闭口不谈这些“不成熟”的诗作，即使谈及也采取

一种否定、批判的态度。这种“悔其少作”的现象值得关注。

一本诗选，再加上一套丛书，将第三十届“青春诗会”的脉络清晰呈现。霍俊明谈到，“青春诗会”中的有些诗人“出手”极高，在刚开始写作的时候就写出了一生的成名作或代表作，比如顾城、梁小斌、于坚、欧阳江河等；也有一部分诗人属于大器晚成，写作越来越成熟卓异，比如西川、王家新、翟永明、臧棣等。同时，“青春诗会”如一条自然流淌着的河，有的诗人在其上不断乘风破浪、扬帆起航，有的则扑腾几下就草草上岸，甚至有的则甘愿沉于水底。参加第三十届“青春诗会”的青年诗人们在听完这些介绍之后自然感慨万千。他们在发言中说，希望编选“四十届诗选”、“五十届诗选”时，这一届有比较多的人入选。

参加一次青春诗会，对一个青年诗人到底意味着什么？荣荣曾在1992年参加了第十届“青春诗会”。她说，虽然之前也发表过一些作品，但在参加完“青春诗会”之后，她才真正进入了文坛。能够进入这么神圣的一个班级，在自己内心会产生一种仪式感，告诉自己以后要努力写作。她所有重要的作品都发在《诗刊》上，是“《诗刊》培养的作者”。阎安和李元胜来三亚参加同期举行的首届三亚国际诗歌节，他们也都参加过青春诗会。记者就“青春诗会”的话题进行采访时，阎安回忆说，1995年能够参加第十三届“青春诗会”，在家乡引起比较大的反响，自己内心也比较膨胀。当时好好准备了几首长诗，自认为不错，没想到却受到指导老师的批评。但在批评与交流之中，却加深了对精神、语言与诗歌之关系的思考，自己的诗学观念在潜移默化中也有了提升。李元胜谈到，最早时候写诗，就是一个人写，和本地的诗人也不怎么交流，可以说是一种“孤岛式的写作”。1997年，他参加了第十四届“青春诗会”。当时在封闭的环境里，整天就是改稿、讨论，这让他学会关注别人的作品，同时也对自己的作品更加挑剔。之

第三十届“青春诗会”女生。张巧慧、吉尔、杜绿绿、玉珍（左起）

后，他习惯于将自己的作品放到中国当代诗歌的场域中进行分析，并不断地进行修改。

这些是前行者的经验和感受。而对于参加第三十届“青春诗会”的青年诗人们来说，这段刚刚结束的诗歌之旅到底意味着什么，只能等待时间和他们未来的作品来回答。

青春诗会

第三十一届

2015

第三十一届（2015 年）

时间：

2015 年 9 月 14 日 ~ 18 日

地点：

福建龙岩永定

指导老师：

商　震、霍俊明、刘立云、娜　夜、潘虹莉等

参会学员（15 人）：

张二棍、杨庆祥、白　月、江　汀、李其文、天　岚、武强华、秋　水、林宗龙、赵亚东、茱　萸、钱利娜、黎启天、袁绍珊、宋尚纬

第三十一届“青春诗会”学员全家福。前排左起：钱利娜、袁绍珊、秋水、武强华、白月。后排左起：林宗龙、李其文、黎启天、宋尚纬、赵亚东、天岚、江汀、茱萸、张二棍、杨庆祥

诗人档案

张二棍（1982~ ），本名张常春，生于山西代县。现就职于山西省地勘局。曾获多种文学奖项。出版有诗集《旷野》《入林记》。参加了《诗刊》社第三十一届“青春诗会”。

静夜思

张二棍

等着炊烟，慢慢托起
缄默的星群
有的星星，站得很高
仿佛祖宗的牌位
有一颗，很多年了
守在老地方，像娘
有那么几颗，还没等我看清
就掉在不知名的地方
像乡下那些穷亲戚
没听说怎么病
就不在了。如果你问我
哪一颗像我，我真的
不敢随手指点。小时候
我太过顽劣，伤害了很多
萤火虫。以至于现在
我愧疚于，一切
微细的光

静夜思

张二棍

等着炊烟，慢慢托起
缄默的星群
有的星星，站得很高
仿佛祖宗的牌位
有一颗，很多年了
守在老地方，像娘
有那么几颗，还没有等我看清
就掉在不知名的地方
像乡下那些穷亲戚
没听说害么病
就不在了。如果你问我
哪一颗像我，我真的
不敢随手指点。小时候
我太过顽劣，伤害了很多
萤火虫，以到现在
我愧疚于，一切
微细的光

2020.7.11

诗人档案

杨庆祥（1980~　），安徽安庆宿松人。文学博士。诗人、评论家、学者。中国人民大学文学院教授。参加《诗刊》社第三十一届“青春诗会”。出版有诗集《我选择哭泣和爱你》《这些年，在人间》《趁这个世界还没有彻底变形》等。

人间有多少路

杨庆祥

我在北京，你在香港。我在香港，
你在上海。我在慕尼黑，你在波叶青。
如此循环一遍——最后都回到北京。

如何解释这梦？这谜？这难？
夏日将尽，我如何穿过平庸的一生。
去活。

我的陌生的仙女，你为何有一丝疲惫的
哀愁？
我的兄弟多马，人间有多少抚不平的路。

人间有多少路

杨庆祥

我在北京，你在香港。我在香港，
你在上海。我在慕尼黑，你在波什青。
如此循环一遍——最后都回到北京。

如何解释这梦？这谜？这难？
夏日将尽，纵如何穿过这半佛的一生。
去活。

我们向主的仙女。你为何有一丝
疲惫的哀愁？
我们兄弟多年，人间有多少抗不平的路。

2020.6.17.

诗人档案

白月（1975~　），女，现笔名白月。中国作家协会会员。曾出席全国第七届青创会。参加《诗刊》社第三十一届“青春诗会”。鲁迅文学院第三十一届青年作家高研班学员。获第八届台湾薛林青年诗歌奖。著有诗集《白色》《天真》《亲密》。现居重庆。

爱

白　月

像外语
需要你翻译
气息中国味一样浓
热爱爱
她是你的祖国

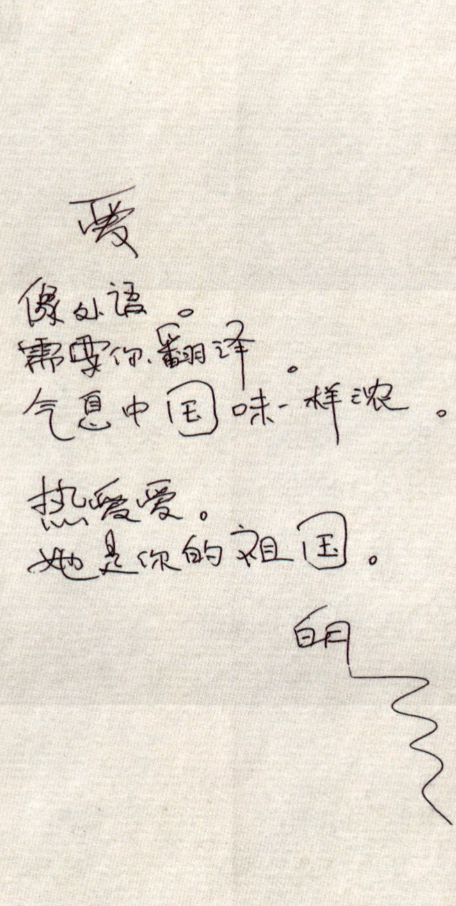

爱

像外语。
需要你翻译。
气息中国味一样浓。

热爱爱。
她是你的祖国。

白月

诗人档案

江汀（1986～　），安徽望江人，现居北京，著有诗集《来自邻人的光》《北京和灰尘》，散文集《二十个站台》。曾参加《诗刊》社第三十一届“青春诗会”。

他已经认识了冬季

江　汀

他已经认识了冬季，
认识了火车经过的那片干枯原野。
城市在封闭，运河上有一片绿色的云。

进入黑暗的房间，像梨块在罐头中睡眠。
他的体内同样如此，孤立而斑驳，
不再留存任何见解。

可是旅行在梦中复现。在夜间，
他再次经过大桥，看见那只发光的塔。
它恰好带来慰藉的信息。

缓慢地移动身子，他做出转向，
在这样的中途，他开始观察，
来自邻人的光。

他已经认识了冬季

他已经认识了冬季，
认识了火车经过的那片干枯原野。
城市在封闭，运河上有一片绿色的云。

进入黑暗的房间，像絮块在缩文中睡眠。
他的体内同样如此，孤立而斑驳，
不再留存任何见解。

可是旅途在梦中复现，在夜间，
他再次经过大桥，看见那座发光的塔。
它恰好带来慰藉的信息。

缓慢地移动身子，他做出转向，
在这样的中途，他开始观察
来自邻人的光。

作于2014年夏
抄录于2020年夏
江汀

诗人档案

李其文（1984~　），黎族，海南省陵水县人。参加了《诗刊》社第三十一届“青春诗会”。中国少数民族作家学会会员。作品见于《诗刊》《天涯》《民族文学》《现代青年》等刊物，并入选《新时期中国少数民族作品选集·黎族卷》《2011中国少数民族文学年度选·小说卷》《2015年中国诗歌精选》等选本。出版诗集《往开阔地去》，小说集《火中取炭》。

往开阔地去

李其文

往开阔地去，浅草依依的坡地上
开满鲜花。春天像土地般肥沃
这些自由的身体，在风里打滚，在奔跑
它们永远不会陷入
被时间挖出的水塘中

我必须趁着蝴蝶还没到来
带上被褥，谷物，和被生活困住的身体
在水塘边安营扎寨
我要与那些美丽的花朵为伍
与几株青草，躺在辽阔的季节里
看着天上的云朵，慢慢地变化

然后再像一只颜色鲜艳的蝴蝶
对一朵花，说出内心的话——
即使我是多么地爱你，但我终将离去

往开阔地去

李其文

往开阔地去，浅草依依的坡地上
开满鲜花。春天像土地般肥沃
这些自由的身体，在风里打滚，在奔跑
它们永远不会陷入
被时间挖出的水塘中

我必须趁着蝴蝶还没到来
带上被褥、食物，和被生活围住的身体
在水塘边安营扎寨
我要与那些美丽的花朵为伍
与小株芝草，躺在辽阔的草地里
看着天上的云朵，慢慢地变化

再像一只彩色鲜艳的蝴蝶
对一朵花，说出内心的话——
即使我是多么的爱你
但我终将离去

诗人档案

天岚（1982~　），本名刘秀峰。河北宣化人。中国作家协会会员。河北文学院签约作家。参加了《诗刊》社第三十一届"青春诗会"，鲁迅文学院三十一届高研班，第八次全国青年作家创代会。出版诗集《纸上虚言》《霜降尘世》《浮世记》。2019年创办熹悦和境茶书院。现居石家庄。

华北平原

天　岚

这么多年，我把话都说给了华北平原
只有它懂，只有它足够宽大，有耐心去听
这么多年，我在它的腹地穿行
我爱上它的麦田、村庄和墓地
爱恋催我加速苍老了一生
这么多年，这块厚土就是我的稿纸
没有完整的步子，没有完整的唱词
人生的涂鸦就此蔓延，不可收拾
这么多年，虽说浪子已经铁石心肠
只是为何今天，一路收不住泪水
车外的小麦，刚刚吐芽就披上了冬霜

华北平原

天岚

这么多年，我把话都说给了华北平原
只有它懂，只有它足够宽大，有耐心去听
这么多年，我在它的腹地穿行
我爱上它的麦田、村庄和墓地
爱恋催我加速苍老了一生
这么多年，这块厚土就是我的稿纸
没有完整的句子，没有完整的唱词
人生的荒芜就此蔓延，不可收拾
这么多年，我这浪子已经铁石心肠
只是为何今天，一路止不住泪水
车外的小麦，刚刚吐苗就披上了冬霜

2013年11月11日

2020年7月12日书于石家庄

诗人档案

武强华（1978~　），女，甘肃张掖人。中国作家协会会员。有作品发表于《人民文学》《诗刊》《星星》《诗探索》《飞天》等刊物，并入选多种诗歌选本。参加了《诗刊》社第三十一届“青春诗会”。入选“第三届甘肃诗歌八骏”。获《人民文学》2014青年作家年度表现奖、《诗刊》社2014年度发现新锐奖、2016年度华文青年诗人奖、首届李杜诗歌奖新锐奖等奖项。出版诗集《北纬38°》。

祁连山

武强华

雪，白过它自己的骨头了
白得整座山看起来只有骨头
没有肉。肉藏在野牦牛的身上
它秘密地穿过山谷时，站在山坡上的那个人
嗅到了山的香味。据说
他三岁时就嗅到过同样的味道
现在他十七岁，像豹子一样
已经不能再等了

祁连山

武强华

雪，白过它自己的骨头了
白得整座山看起来只有骨头
没有肉。肉藏在野牦牛的身上
它秘密地穿过山谷时
站在山坡上的那个人
嗅到了山的香味。据说
他三岁时就嗅到过同样的味道
现在他十七岁，像豹子一样
已经不能再等了

诗人档案

秋水（1977~ ），女，祖籍江苏无锡，生于吉林长春。诗人，写作者。诗歌、散文散见各文学期刊及综合期刊，并入选多家年度选本。曾参加《诗刊》社第三十一届“青春诗会”，鲁院三十一届高研班学员。曾获第二届福州市茉莉花文艺奖等奖项。著有诗集《有时只是瞬间》。

光 阴

秋 水

光阴，围着时钟的花蕊飞旋。
不厌其烦，也从不显露出疲惫。
在一切事物都遁入因果纠缠之时，
它依旧如此从容。

像历经千年而来的《长恨歌》，
多情又无动于衷。而这与我被迫的人生
全无暗合。我和众人一样，在它的掌心，
一边挣扎绽放，一边迎接凋零。

不远处的墓志铭，静坐成
一棵树的模样。风来时，它隐约说，
“孩子，时光如箭啊”，
“是，箭箭穿心”。

光阴

作者：秋水

光阴，围着时钟的花蕊飞旋，
不厌其烦，也从不显露出疲惫。
在一切事物都追入因果纠缠之时，
它依旧如此从容。

像历经千年而来的《长恨歌》，
多情又无动于衷。而这与我被迫的人生
全无暗合。我和众人一样，在它的掌心，
一边挣扎绽放，一边迎接凋零。

不远处，墓志铭静坐成
一棵树的模样。风来时，它隐约说，
"孩子，时光如箭啊"，
"是，箭，穿心"。

诗人档案

林宗龙（1988~　），生于福建福清。作品散见于《诗刊》《人民文学》《星星》等刊物。曾获首届光华诗歌奖。参加《诗刊》社第三十一届“青春诗会”。出版诗集《夜行动物》。

论写作

林宗龙

深夜，拿着手电筒
在漆黑的楼道照射，这是父亲
穿过的马丁靴，鞋底沾着笨重的泥土
和烂掉的腐叶，（我猜想着
父亲一定去过语言的极地）
他发现了鹿和牦牛，那意义的所在
让我继续往更隐秘的台阶
挪动我的光束，这是角落里的花盆，
栽种着妻子的洋桔梗，
我闻到了那幽香，是雨水里
一只瓢虫在缓缓爬动，这充盈着
整座建筑的爱，父亲提及过，
那神秘的极光，把一些源头的事物
带回到那个密室里，

我照着它：夏加尔怀念贝拉的油画，
在镜子面前，静静响动的
黑胶磁带，一把倚靠在木柜边的
透明雨伞，遵从我的想象，
摆放在合适的位置，但事实上，
它什么都没有显现，父亲是对的，
他熄灭了我手中的光源。

论写作

深夜，拿着手电筒
在漆黑的楼道照射，这是父亲
穿过的马丁靴，鞋底沾着笨重的泥土
和烂掉的腐叶，（我猜想着
父亲一定去过语言的根地）
他告诉了底和钱币，那意义的所在
让我继续往更隐秘的去所
挪动我的光束，这是角落里的花盆，
栽种着妻子的洋桔梗。
我闻到了那幽香，是雨水里
一只瓢虫在缓慢爬动，这充盈着
悬危建筑的美，父亲提及过，
那神秘的救赎，把一些源头的事物
带回到那个密室里，
我照着它：多加你怀念、只拉的酒西，
在镜子前面，静静响动的）

黑胶磁带，一起倚靠在木柜边的
透明雨伞，遵从我的想象，
摆放在合适的位置，但事实上，
它们都没有意识，天亮是对的，
他熄灭了我手中的光源。

林宗龙
2020.6.25．端午

诗人档案

赵亚东（1979～　），出生于黑龙江省拜泉县。中国作家协会会员。作品散见《人民文学》《诗刊》《星星》《花城》《作家》《中国作家》《十月》《文艺报》等报刊。曾参加《诗刊》社第三十一届“青春诗会”。出版诗集三部。获《诗探索》第九届红高粱诗歌奖、2020华语实力诗人奖等奖项。现居哈尔滨。

一只羊羔滚落下来

赵亚东

在乌孙山的南坡，风吹着它们雪白的脊背
和满含热泪的眼睛
只有我专心地看着它们
想呼唤它们的小名
可是还没等开口，一只羊羔
从山坡滚落下来，后面跟着它年迈的母亲

一只羊羔滚落下来 赵亚东

在乌孙山的南坡风吹着它们雪白
的脊背 和满含热泪的眼睛 只有
我专心地看着它们 想呼唤它们的
乳名 可是还没等 我开口 一只羊
羔从山坡上滚落下来 后面跟着
它年迈的母亲

庚子仲夏月录小诗一首
於哈尔滨

诗人档案

茱萸（1987~　），本名朱钦运，籍贯江西赣县。诗人，青年批评家，哲学博士。出版诗集《花神引》《炉端谐律》《仪式的焦唇》及论著多种。曾获全国青年作家年度表现奖、江苏省紫金山文学奖、叶圣陶文学奖及美国亨利·鲁斯基金会创作奖金、“诗东西”青年批评奖等奖项。曾参加《诗刊》社第三十一届“青春诗会”。

永定土楼

茱　萸

何处结庐？众人集合在烟岚里；
建筑几何学，揭露峰峦的延揽。
食物煎煮灶台，事务精磨石阶，
城堡静默，倾心于呈报的欣喜。
忧郁的清新有余，信息却不足。
浅秋时节，如何掷出那枚铅球，
滑向丰盛之处？撑起风声的是
旧的楼群，在花香中啧啧称奇。

永定土楼（"谐律"之一）

茱萸

何处居所？众人集合在烟岚里；
建筑几何学，描摹峰峦的延揽。

食物煎煮灶台，事务精磨石阶，
城堡静默，倾心于望极的欣喜。

忧郁之清影自生，信息却不通。
浅秋时节，如何掷出那枚铅球，

滑向丰盈之处？撑起风声的是
旧的楼群，在花香中啧啧称奇。

2015年9月作于"青春诗会"期间
时在福建永定。庚子夏重录于
姑苏城九枝灯室。茱萸

诗人档案

钱利娜（1979~ ），女，浙江宁波人。出版有诗集《离开》《我的丝竹是疼痛》《胡不归》《落叶志》，长篇非虚构作品《一个都不放弃》。两次获得浙江省青年文学之星优秀作品奖和首届《人民文学》新人奖、浙江省优秀文学作品奖、於梨华文学奖大奖等奖项。参加了《诗刊》社第三十一届“青春诗会”。

后　院

钱利娜

蓖麻树上黑色的种子
埋藏着十岁少女的黑眼睛
叶上的反光，与眼中
偶尔扑腾的明亮，来自同一种自然法则

一颗颗小芽，抽出最初的爱恨
它摇摆新绿的旗帜，成就了我和蓖麻树
向阳生长的姿势

在后院，还有生我的母亲
给母鸡喂食泥鳅，让它们无需爱情
就生殖

但花裙下的十岁
对父辈肉体的忧伤和局限
一无所知

后院

钱利娜

蓖麻树上黑色的种子
埋藏着十岁少女的黑眼睛
叶上的反光，与眼中
偶尔扑腾的明亮，来自周环中自然法则

一颗颗叶芽，抽出最初的爱恨
它摇摆新绿的旗帜，成就了我和蓖麻树
向阳生长的姿势

在后院，还有生我的母亲
给母鸡喂食泥鳅，让它们无须爱情
就生殖

但花裙下的十岁
对父辈肉体的忧伤和局限
一无所知

——发表于《诗刊》2015.5下

诗人档案

黎启天（1975~　），广东信宜人。中国作家协会会员。曾参加《诗刊》社第三十一届“青春诗会”和鲁迅文学院第三十一届高研班。出版有诗集《你刮了胡子就跟我一样年轻》《伶仃洋叹歌》《零丁洋再叹》《大河弯入零丁洋》等多部。现居东莞。

石头里有马群在奔跑

黎启天

雕刻家竖着耳朵，他听见
石头里有马群在奔跑
举起铁锤和斧凿
他开始追捕，马的声息

向石头里套马
沿着嗒嗒的叩击声
他敲开核的坚壳
刚劲的马蹄，热烈地跑出
遁着长长的嘶鸣，还有风的呼呼声
他找到了马裂开的嘴巴，飞扬的鬃毛

声音是如此清晰
斧凿在探寻

眨眼的火星，又找到了一匹马的眼睛
喘息的鼻孔，鼓突的血管里
血液找到了自由流淌的祖国

一匹，两匹，三匹
马群在呈现，它曾在你的眼睛里
埋伏，伪装成石头的样子
就像石头散布于大地的黑暗
面对着坟墓里的眼睛
假装成缀满了宇宙的闪闪繁星

石头里有马群在奔跑

黎启天

雕刻家竖着耳朵，他听见
石头里有马群在奔跑
举起铁锤和斧凿
开始追捕，马的声息、

向石头里套马
沿着哒哒哒的叩击声
他敲开坚硬
刚劲的马蹄，热热烈烈地跑出
追着长长的嘶鸣
还有风的呼呼声
找到了马裂开的嘴巴
飞扬的鬃毛

声音是如此清晰
斧凿的探寻，眨眼的火星
又找到了一匹马的眼睛

喘息的鼻孔，鼓突的血管里
血液找到了
自由流淌的祖国

一匹，两匹，三匹
马群在呈现
它曾在你的眼睛里
埋伏，伪装成石头的样子

就像石头散布于大地黑暗
面对着坟墓里的眼睛
假装成，缀满了宇宙的闪闪繁星

2013年作
2020年抄

诗人档案

袁绍珊（1985~　），女，生于澳门。北京大学中文及艺术双学士、多伦多大学东亚及亚太研究双硕士。曾获《时报》文学奖新诗首奖、美国亨利·鲁斯基金会华语诗歌奖、首届《人民文学》之星诗歌大奖、澳门文学奖等奖项。澳门首部本土原创室内歌剧《香山梦梅》作词人。已出版《爱的进化史》《太平盛世的形上流亡》等多部诗集及杂文集《喧闹的岛屿——台港澳三地文化随笔》《拱廊与灵光——澳门的120个美好角落》。参加了《诗刊》社第三十一届“青春诗会”。

枯山水

袁绍珊

我把欲望的白砂撒在心的后庭
苔藓无花，无种子，却生育旺盛

荒唐的黑夜留下荒唐的脚印
徐徐点起暧昧的孤灯
把时间的瀑布卷成发髻
石头在正反合的辩论里滚动不息

肉眼细碎，耙出温柔的始终
山让水在哪里流淌，爱也在哪里被消耗

喜欢过无言的石灯笼
也喜欢衣领的弧度
喜欢幸福

却不渴望一座园林去供奉

唯有空间才是物的真正自由
我在尘埃里
把禅拂走

枯山水

我把欲望的白砂撒在心的後庭
苔蘚無花，無種子，卻生育旺盛

荒唐的黑夜留下荒唐的腳印
深硃點起曖昧的孤燈
把時間的瀑布捲成髮髻
石頭在正反合的辯論裡滾動不息

肉眼細許，耗出溫柔的始終
山溪水在哪裡流淌，愛也在哪裡被消耗

喜歡過無言的石燈籠
也喜歡衣領的弧度
喜歡幸福
卻不渴望一座園林去供奉

唯有空間才是物的真正自由
我在塵埃裡
把禪拂走

庚子夏

袁紹珊

青春的诗意与古老的传统相遇

——《诗刊》社第三十一届"青春诗会"在永定举行

黄尚恩

客家是汉民族的一支民系。他们的祖先原来居住在中原一带，由于战乱、饥荒，从东晋时候起开始南迁，最后在闽粤赣边形成客家人的大本营。为了聚集力量、共御外敌，他们按照传统观念聚族而居，并建造了固若金汤、气势磅礴的客家土楼。其中，在闽西南的永定境内，有各式土楼两万三千余座，每一座都像是凝聚着客家人向心力、团结心的东方古堡，成为融入青山绿水的美丽画廊。

2015 年 9 月 14 日至 18 日，这片有着丰富传统文化、红色革命文化的美丽土地迎来了一批特殊的参观者，他们是参加第三十一届"青春诗会"的诗人们。此次诗会由《诗刊》社、福建省作协、中共龙岩市委宣传部、中共龙岩市永定区委联合主办。中国作协党组成员、副主席、书记处书记吉狄马加，福建省委常委、宣传部长李书磊，中国作协原党组成员、书记处书记张胜友出席诗会。

作为《诗刊》社的品牌活动，"青春诗会"三十多年来始终关注年轻人的诗歌创作，为他们提供了良好的学习机会和发表平台。由此，一大批青年诗人逐渐自信起来，成长起来。福建诗人舒婷就是第一届"青春诗会"的学员，她和先生陈仲义此次也来到诗会，与青年诗人们

第三十一届“青春诗会”学员们合影

进行交流。参加此次诗会的十五位青年诗人是：白月、江汀、李其文、黎启天、林宗龙、钱利娜、秋水、宋尚纬、天岚、武强华、杨庆祥、袁绍珊、赵亚东、张二棍、茱萸。值得注意的是，本届“青春诗会”第一次吸纳了港澳台的青年诗人，他们是来自台湾的宋尚纬和来自澳门的袁绍珊。而台湾诗人陈黎、古月也来到永定，见证此次诗会的举办。近些年来，两岸四地的诗歌交流越来越频繁，而“青春诗会”也正在适时而变，让视野变得更加开放了。

在诗会开幕式上，吉狄马加对青年诗人们提出了殷切的期望。他说，参加“青春诗会”，采风创作、修改稿件固然是非常重要的工作，但大家还应该以诗会友，一起就诗歌创作中存在的问题进行深入交流。在当下，我们的诗人有很好的写作技巧，但写作出来的作品大都是“碎片化的”，缺少强大的精神背景作为支撑。如果写个人的内心世界，要力求将个体的生存困境深刻呈现出来，抵达生命的本质；如果想以诗歌来见证时代的进程，要具备宏大的文化眼光，寻找到这个时代的精神脉动。另外，我们要根据当下的语境，对古典诗歌传统进行继承和创新，写出真正有个性和生命力的作品。

青春的诗意与古老的传统相遇，定会碰撞出诗歌的火花。参加诗会的北京大学教授谢冕说，土楼是文化瑰宝，寄托了我们的很多想象。我们的祖先把我们对乡村的怀念、对祖先的怀想固化成土楼，这是非常智慧非常有创造性的。土楼就像我们失去的家园，寄托了我们很多乡愁。“我相信只要用心去观察，就一定会碰撞出美丽的火花。我也希望年轻的一代人和这种很古老的文化碰撞产生出诗的火花，我期待着他们诗意的表达。”

《诗刊》常务副主编商震谈到，永定土楼是世界文化遗产，它不仅在福建、在中国，在世界范围内，都具有很强的文化符号意义。土楼留存给我们的不仅是一个建筑、一个族群的生活记录，更多的是留存了人类的文明史、社会发展史。对一个诗人来说，土楼里一定藏有可探究的秘密，而这个秘密就是诗人要破解的诗性。

在世界文化遗产地举办“青春诗会”，对青年诗人们来说，是一次穿越历史之旅、一次了解古老文化之旅。土楼对大多数青年诗人都是陌生的，而陌生恰好是生发诗情诗意的地方。徜徉在土楼客家民俗文化村，“土楼王子”振成楼、宫殿式建筑奎聚楼、府第式建筑福裕楼，大小不一、方圆各异的一百二十多座土楼“像芦套滋生”，令人叹为观止；流连于高北土楼群的承启楼内，仰望“高四层，楼四圈，上上下下四百间；圆中圆，圈套圈，历经沧桑四百年”的奇观，不禁心潮澎湃……

青年诗人们用美妙的诗句来抒发心中对于土楼、历史、传统的感慨。比如，袁绍珊在诗歌《土楼群》中写道：“我想要一间方形的房子 / 在大气边缘 / 我想要一间圆形的房子 / 抵御外敌……”既写出了土楼以方形或圆形为主的外部特征，更写出了土楼内在的巨大包容力。“看完‘土楼王子’振成楼，印象很深，挺震撼的，很有生命力。”袁绍珊说：“有居民住在里面很好，土楼就像活的博物馆，如果土楼里面没有人气也很没有意思。”

张二棍在《客家，或者永定》一诗中写道：“当以无休止的漂泊命名的族群／快要抵达大地边缘的时候／他们停下来了／呢，所有人迷恋上／这精雕细琢的河山。”在地质队工作的张二棍最是知道漂泊的滋味，也最能理解大家团聚在一起的欢欣。这让我想起他在另一首诗歌《黑夜了，我们还坐在铁路桥下》中的句子：“你六岁了，怕黑，怕远方／怕火车大声地轰鸣／怕我又一个人坐着火车／去了远方。你靠得我／那么近，让我觉得／你就是，我分出来的一小块儿／最骄傲的一小块儿。”

宋尚纬此次参会，还带着父亲的嘱托，“临走前，父亲交代我，要多拍些照片，把永定美丽的山山水水带回台湾，让他再看看。”今年初，他父亲第一次到永定旅游，但因为没有带相机，所以没办法留住令他动容的美丽山水。回到台湾后，父亲通过网络再加深了对永定的了解。得知儿子要参加“青春诗会”，就是到永定，他把自己的心事告知儿子。“父亲说，我们的祖籍是河南，爷爷早年从那迁往台湾。永定客家人也是从河南一路南迁至龙岩的，所以说，我们还是一家人。”这次是他第一次到大陆，对永定也充满着未知和好奇。

诗会期间，《诗刊》社邀请霍俊明、刘立云、娜夜、潘虹莉担任本届诗会的辅导老师。参会诗人分为四组，每组由一位辅导老师和一位《诗刊》编辑带队，对学员提交的诗歌稿件进行详细讨论。

在小组讨论中，霍俊明让杨庆祥、袁绍珊、茱萸、宋尚纬分别阐述自己的创作理念，并对彼此的诗作进行点评。杨庆祥的诗有对生死、政治的思考，在抒情上注意点到为止；袁绍珊的诗题材广泛，不像是一个女性诗人的路数，她仿佛有诸多的“化身”；茱萸的诗在借鉴中西经典文本的基础上注入个人的鲜活经验；宋尚纬的诗主情，还需要更多的意象、细节、场景来支撑。霍俊明提出，诗人必须有社会担当，因为自古使然，但是这种担当在诗歌的层面而言首先是美学上的担当与语言上的创造性。

第三十一届"青春诗会"与会者合影

刘立云和张二棍、白月、黎启天、李其文一组，主要讨论了诗歌写作如何走出"小我"，以深刻表达这个时代变迁的话题。通过阅读作品，刘立云发现，张二棍、黎启天、李其文的作品中有很多鲜活的经验表达，但大都过于注重个人的情感，还无法与这个时代的精神内核结合起来。而白月的诗试图表达一些很好的观念，但缺乏丰富的细节，使得作品没有足够的质感。如何处理诗歌写作中的"大"与"小"之关系，需要不断思索。

娜夜逐字逐句地为学员江汀、钱利娜、赵亚东、林宗龙修改诗稿，有的还大刀阔斧地加以删改。娜夜删改的原则很简单：这个句子有意义吗？这个词语是否具有新意？她说，这个时代的读者很没有耐心，一首诗的头三句读完，如果读不出新鲜的东西，这首诗就可能被略过去了。她希望青年诗人们一定要做真诚的人，写真诚的诗，并积极从大自然中汲取智慧与诗意，再返回去思考人与人、人与社会之间的复杂关系。

在武强华、天岚、秋水的诗歌中，潘虹莉读到了当下青年诗人作品的共性：鲜活，有生命力，但偏于轻、浅……她认为，武强华的作品有一种苍凉之感，在艺术上注重叙事性，但这种类型的作品不好写，既要做到作品的完整性，又要保持艺术上的高品质，否则很容易写成“流水账”。天岚、秋水的诗歌也有很好的，但有些过于理性，有些写得太平。她希望学员们严肃对待诗歌写作，注重作品思想的深刻性和艺术的独创性。

四

诗会期间，青年诗人们互相分享彼此对诗歌写作的看法。他们提出了自己对青春、诗歌的独特理解，正如杨庆祥所说的：“诗歌，特别是青年诗人的作品，必须独立、自由、富有个性。青春并不是简单的年龄的限定，而是颠覆成规，对一切禁锢心灵的东西进行不屈不挠的抵抗。”写作的快与慢，也是大家讨论的话题之一。茱萸在谈到他的写作时说：“有时候，一首诗，写写停停改改，会持续两三年的时间。”而有些诗人则谈到，自己写诗写得很轻松，在手机上轻轻一敲，一首诗就出来了，也不再去改。在不同的写作行为中，我们可以看到诗人不同的性格特征和诗学追求。

与往年一样，《诗刊》社推出了“第三十一届青春诗会诗丛”，为每一位参会诗人出版了一本诗集。在他们的作品中，我们能够看到“70后”“80后”诗人们身上所负的重责——生活上的重责，诗歌美学上的重责……他们试图保持“特立独行”“义无反顾”，但往往不得不“回头一看”“左顾右盼”，或许这种挣扎、纠结是促使他们写诗的缘由，但也在某种程度上束缚了他们奔向远方的脚步。

参加“青春诗会”，对青年诗人们意味着什么？一次集中发稿的机会？一个认识老师和诗友的平台？或者，一次露脸，让诗坛更多的人认识你？或许都是，或许都不是。或许，它更像是一次“成人礼”，过了这个门槛，你更应该注意自己“诗人”的身份了，你要更加严格地对待自己的创作。一切归零，重新出发，而在“青春诗会”上结下的友谊将伴随一路。

青春诗会

第三十二届

2016

第三十二届（2016 年）

时间：

2016 年 8 月 12 日 ~ 16 日

地点：

黑龙江大兴安岭漠河县

指导老师：

商　震、李少君、李　琦、刘立云、李元胜、霍俊明等

参会学员（15 人）：

臧海英、沈　鱼、小　葱、林火火、张远伦、林子懿、方石英、祝立根、辰　水、严　彬、陆辉艳、王　琰、左　右、肖　寒、曹立光

第三十二届“青春诗会”学员全家福。前排左起依次为：臧海英、林火火、左右、肖寒、小葱、王琰。后排从左依次为：林子懿、曹立光、方石英、辰水、祝立根、沈鱼、陆辉艳、严彬、张远伦

诗人档案

臧海英（1976~ ），山东宁津人。出版诗集《战栗》《出城记》。曾获华文青年诗人奖、《诗刊》年度“发现”新锐奖、第三届刘伯温诗歌奖、第三届李杜诗歌奖新锐奖、第三届诗探索·发现奖、首届山东文学奖新人奖等奖项。诗集《出城记》入选“21世纪文学之星丛书”（2016年）。参加了《诗刊》社第三十二届“青春诗会”。

西 行

臧海英

一想到死在路上
就心生悲凉

一想到身边将升起鸟鸣
而不是亲人的哭嚎
又心生安慰

一想到尸身将引来虫蚁
忽有一种慈祥

西行

一想到死在路上
就心生悲凉

一想到身边将升起鸟鸣
而不是亲人的哭嚎
又心生安慰

一想到尸身将引来虫蚁
忽有一种慈祥

2015年11月11日 臧海英
2020年5月21日 抄录
32届青春诗会作品存档

诗人档案

沈鱼（1976~ ），本名沈俊美，生于福建省诏安县。中国作家协会会员。出版诗集《左眼明媚，右眼忧伤》《借命》《花香镇》等。获《诗刊》陈子昂青年诗歌奖、《诗探索》中国诗歌发现奖、广东省有为文学奖诗歌奖等奖项。参加了《诗刊》社第三十二届"青春诗会"。

残简：遗物

沈　鱼

鸟鸣是世界的遗物吗？为何无人认领
早起的人饱受失眠症的困扰
而冷酒，正好泡一颗老不死的春心

但现在是扫花时节
是狐拾果，鲤吃花的时节
是颓废沮丧也心安理得的时节
我没有一首特别重要的诗要写，没有
想爱却爱不上的人
我和死神也没有预约

如果我不爱这个时辰，我就不可能爱上未来
如果我不爱你，我就不会爱人类
我虚心地看和听，读和写

我写下：鸟鸣。但这是王维的遗物吗?
深涧里，青藤缠绕枯骨
而花心之露，香甜，甘美
可慰藉漫长无用的一生

我简：遗物

泓鱼

多少是世界的遗物呢？比如无人认领、
早逝的人馆爱出版我的困扰
而冷酒，正好泡一颗老不死的毒心

但现在是桃花时节
是蜗牛拾果、梨开花的时节
是银饰烟囱表也以安稳的时节
我没有一首特别重要的诗要写，没有
想爱却爱不上的人
我和死神也没有预约

如果我不爱这个时辰，我就还可能爱上未来
如果我不爱你，我就不会爱人类

我虔心地观和听，读和写
我舒舒写字。但这是王维的遗物吗？
深涧里，青藤缠绕指骨
雨花的露，香甜、甘美
可慰藉湿衣无闻的一生

2020年6月15日抄录
2016年32届青春诗会

诗人档案

小葱（1978~　），女，本名郭靖。祖籍安徽寿县，现居河南新乡。出版诗集《青葱》《夜鸟穿上鞋子旅行》。曾参加《诗刊》社第三十二届“青春诗会”。

他就是我的父亲

小　葱

神秘的光闪烁在身体里
绽放成秋夜天空。思想幼小如一粒种子
等待血液浇灌

我无法踩着眼前高大的梧桐，到月亮上
到另一个星球去
未知的遥远令人恐惧，更怕枝枝叶叶搭建的浮梯
风一吹，就把我晃倒，坠入回忆底层

——而那个人，不曾回来过。他睡在银河之上，静寂
如一盏灯
他创造出永恒的时间，并把它建造成宫殿
让黎明住进去

他就是我的父亲

神秘的光闪烁在身体里，
绽放成秋夜天空，思想幼小如一粒种子，
等待血液浇灌。

我无法踩着眼前高大的梧桐，到月亮上，
到另一个星球去，
未知的遥远令人恐惧，更怕枝枝叶叶搭建的浮梯，
风一吹，就把我晃倒，坠入回忆底层。

——而那个人，不曾回来过。他睡在银河之上，静寂如一盏灯，
他创造出永恒的时间，并把它建造成宫殿，
让黎明住进去。

小蕙
2020年夏于牧野

诗人档案

林火火（1976～　），女，江苏苏州人。作品散见《诗刊》《诗潮》《诗选刊》《诗歌月刊》《扬子江诗刊》《十月》《青春》等刊物。著有诗集《我热爱过的季节》。参加了《诗刊》社第三十二届“青春诗会”。

那一夜

林火火

已经是冬天了
我的身体里，依然有
无法停熄的生长与消亡
轮流当王
在一场大火面前独坐
此时应有几只不懂人间寂寥的麻雀
应和几声
语音轻微，面目模糊
如你病中所唱：
“寂寞当年箫鼓，荒烟依旧平楚”
入流水，入尘埃
我愿向泥土交还骨肉
而那一夜
应有烂醉的人
走错家门

那一夜

林火火

已经是冬天了
我的身体里，依然有
无法停熄的生长与消亡
轮流当王
在一场大火面前独坐
此时应有几只、不懂人间寂寥的麻雀
应和几声
语音轻微，面目模糊
如你病中吟唱：
"寂寞当年萧鼓，荒原依旧平楚"
入流水，入尘埃
我愿向泥土交还骨肉
而那一夜
应有归醉的人
走错家门

诗人档案

张远伦（1976~　），苗族，生于重庆彭水。著有诗集《那卡》《两个字》《逆风歌》等。获得少数民族骏马奖、《人民文学》奖、《诗刊》陈子昂青年诗歌奖、重庆文学奖、巴蜀青年文学奖、银河之星诗歌奖等奖项。参加了《诗刊》社第三十二届“青春诗会”。

一声狗叫，遍醒诸佛

张远伦

村庄不大，一声狗叫，可以关照全部土地
余音可关照更远的旷野

九十岁老妪的枯竭之身。在狗叫的近处
她的生茔，在狗叫的远处

更高一点的诸佛寺
在一声狗叫的尽头

这是一只名叫灰二的纯黄狗。她新出生的女儿
名叫两斤半，身上的毛黑里透出几点白

一聲狗叫、遍醒諸佛

張遠倫

村莊不大，一聲狗叫可以
閱照全部土地
余音可以閱照更遠的曠野
九十歲老妪的枯瘦之身
在狗叫的近處
她的生涯，在狗叫的遠處
更高一點的諸佛寺
在一聲狗叫的盡頭
這是一隻名叫灰灰的花黄
狗，她新出生的女兒
名叫百斤米，身上的毛
黑里透出幾點白

抄录第三十二屆青春詩會入選作品，庚子夏月遠倫書於重慶上清寺

诗人档案

林子懿（1991～　），出生于河北唐山，现居河北石家庄。诗作散见于《诗刊》《星星》《诗选刊》《青年作家》《诗林》等刊物。2016年参加《诗刊》社第三十二届“青春诗会”。出版诗集《红树山人》。

树分身

林子懿

如果黑龙江两岸的白桦树
是一棵树，并假设这条江并不存在过
其黑色的历史。可以做出的推测是
黑龙江两岸的樟子松，也是一棵樟子松
现在它的松塔，被我捡到了，并且将之
扔进了黑色的江水。水面上
一群黑压压的鸬鹚，恰巧看到这一切
松塔完成的一个步骤，只是我
在这目前，还是未完成的

树分身

如果黑龙江两岸的白桦树
是一棵树，并假设这条江并不存在这
某黑色的历史，可以做出的推测是
黑龙江两岸的樟子松，也是一棵樟子松
现在它的松塔，被我捡到了，并且将之
扔进了黑色的江水。水面上
一群黑压压的鸬鹚，恰巧看到这一切
松塔完成的一个步骤，只是我
在这目前，还是未完成的

2016年于黑龙江省漠河

诗刊社第三十二届青春诗会学员

林子懿

诗人档案

方石英（1980~　），出生于浙江台州路桥十里长街。中国作家协会会员。参加了《诗刊》社第三十二届“青春诗会”，鲁迅文学院第三十四届高研班。著有诗集《独自摇滚》《石头诗》《运河里的月亮》等。曾获第十五届华文青年诗人奖等奖项。现居杭州。

父亲的大兴安岭

方石英

三十多年前，二十出头的父亲
乘列车北上，故乡的海越来越远
远到还是少女的母亲
禁不住泪流满面

经过五天五夜，这个消瘦的南方知青
知道了什么是远方，也知道了
大兴安岭，命中注定的第二故乡
青春在手风琴上一次次回荡

东北再往北，一个叫塔河的地方
父亲怀抱斧头走向雪地
想起南方，想起度日如年的我的母亲
他劈下的每一斧都是如此深刻并且多情

十年哦，父亲在北方的土炕上
做了多少有关南方的梦
于是写信，源源不断地写
直到北方的雪全都成了南方的雨

父亲的大兴安岭

三十多年前，二十出头的父亲
乘列车北上，故乡的海越来越远
远到还是少女的母亲
禁不住泪流满面

经过五天五夜，这个清瘦的南方知青
知道了什么是远方，也知道了
大兴安岭，命中注定的第二故乡
青春在手风琴上一次次回荡

东北再往北，一个叫塔河的地方
父亲怀抱斧头走向雪地
想起南方，想起度日如年的我的母亲
他砍下的每一斧都是如此深刻并且多情

十年哦，久来在北方的土炕上
做了多少有关南方的梦
于是写信，源源不断地写
直到北方的雪全都成了南方的雨

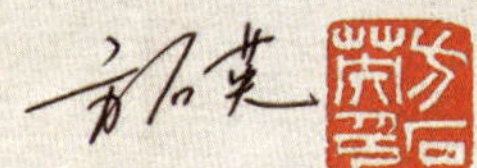

诗人档案

祝立根（1978～ ），生于云南腾冲。毕业于美术系油画专业。参加了《诗刊》社第三十二届“青春诗会”，第八届全国青创会。曾获华文青年诗人奖、云南省年度优秀文学作品奖等奖项。出版诗集两本。被选为首都师范大学第十六位驻校诗人。

纪念碑

祝立根

你见过怒江吗？
我这儿，就有
一小条支流，我在怒江痛饮的江水
已经不再沸腾，是呀，那么多年流逝
胸腔里，早已沧海桑田
那些愤怒的灰烬
——多像一座座冷冽的雪山

纪念碑

你见过怒江吗？
我这儿，就有
一小条支流，我在怒江痛饮的江水
已经不再沸腾，是呀，那么多年流逝
胸膛里，早已沧海桑田
那些愤怒的灰烬
——多像一座座冷冽的雪山

摘自拙诗歌《纪念碑》
二零二零年夏抄于首都师范大学

诗人档案

辰水（1977～　），山东临沂市兰陵县人。参加了《诗刊》社第三十二届“青春诗会”。中国作家协会会员。曾获第三届红高粱诗歌奖、首届山东文学奖等奖项。著有诗集《辰水诗选》《生死阅读》。

春夏之交的民工

辰　水

在春夏之交的时候
迎春花开遍了山冈
在通往北京的铁路线旁
有一群民工正走在去北京的路上
他们的穿着显得有些不合时宜
有的穿着短袄，有的穿着汗衫
在他们中间还有一些女人和孩子
女人们都默默地低着头跟在男人的后边
只有那些孩子们是快乐的
他们高兴地追赶着火车
他们幸福地敲打着铁轨
仿佛这列火车是他们的
仿佛他们要坐着火车去北京

春夏之交的民工

在春夏之交的时候
迎春花开遍了山冈
在通往北京的铁路线旁
有一群民工正走在去北京的路上
他们的穿着显得有些不合时宜
有的穿着短袄，有的穿着汗衫
在他们中间还有一些女人和孩子
女人们都默默地低着头跟在男人的后边
只有那些孩子们是快乐的
他们高兴地追赶着火车
他们幸福地敲打着铁轨
仿佛这列火车是他们的
仿佛他们要坐着火车去北京

辰水抄写于二〇二〇年五月二日

诗人档案

严彬（1981～　），湖南浏阳人。诗人，作家。出版诗集《我不因拥有玫瑰而感到抱歉》《国王的湖》《献给好人的鸣奏曲》《大师的葬礼》，小说集《宇宙公主打来电话》等。参加了《诗刊》社第三十二届“青春诗会”。

爱　情

严　彬

你是怎样的人——
没有人比我更适合赞美你
当我推门进来
带着你熟悉的花

没有人比我更适合拥抱你
低头看见你的眼睛
当我推门进来
带着你熟悉的花

没有人比我更适合写你的名字
与你合用一块墓地
当我推门进来
带着你熟悉的花

向他们介绍你
做你遥远的妻子

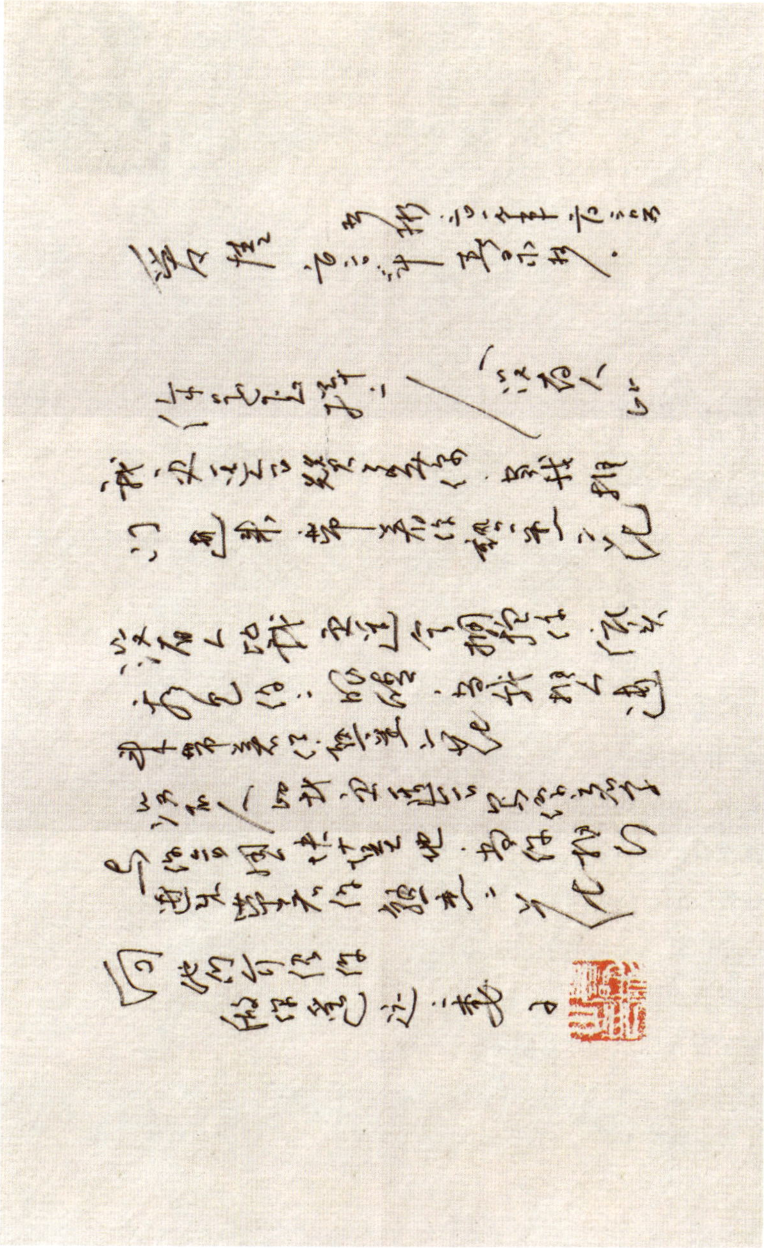

诗人档案

陆辉艳（1981～ ），女，出生于广西灌阳。出版诗集三部。作品散见于《十月》《青年文学》《诗刊》《星星》《天涯》《扬子江诗刊》等刊物。获过一些奖项。曾参加《诗刊》社第三十二届“青春诗会”。

在洛古河岸

陆辉艳

捡到了玛瑙的人
在岸边发出惊呼
人群涌上去
他们的脸庞
有洛古河的蓝色和喜悦
我没有捡到玛瑙
在斑驳的石头中间
一根白骨，突兀地躺在那儿
我没有声张
甚至没有惊动一棵老鹳草

洛古河岸

捡到了玛瑙的人 在岸边发出惊
呼人群涌上去他们的脸庞有洛
古河的蓝色和喜悦我没有捡到
玛瑙在斑驳的石头中间一根白
骨突兀地躺在那儿我没有声
张甚至没有惊动一棵老鹳草

庚子年夏 陆婵艳

诗人档案

王琰（1976~　），女，祖籍辽宁沈阳，生于甘肃甘南。中国作家协会会员。参加了《诗刊》社第三十二届“青春诗会”。出版著作《格桑梅朵》《天地遗痕》《羊皮灯笼》《崖壁上的伽蓝》《白云深处的暮鼓晨钟》《兰州：大城无小事》《大河之城》《西梅朵合塘》《庄严的承诺》等。作品在《天涯》《散文》《诗刊》《星星》《山花》等刊物发表，并收入各种选集。曾获甘肃省敦煌文艺奖、黄河文学奖一等奖等奖项。

黑龙江

王　琰

缓慢流淌的黑色江水
是我写给你的信
表面平静，内心汹涌
几只白色的鸥鸟省略号一般
太多要说的来不及说的话
全部随着冰雪的碎响顺流而下

鸟儿梳妆，牙格达酸甜
远处一片银色的白桦林权当嫁妆
那么，除了我的身体
还有什么可以与你分享
此时，如果黑龙江水献出一条巨大的鳇鱼
我相信会张嘴说出：我爱你

黑龙江

王琰

缓慢流淌的黑色江水
是我写给你的信
表面平静，内心汹涌
几只白色的鸥鸟省略号一般
太多要说的来不及说的话
全部随着冰雪的碎响顺流而下

鸟儿梳妆，牙格达酸甜
远处一片银色的白桦林权当嫁妆
那么，除了我的身体
还有什么可以与你分享
此时，如果黑龙江水献出一条巨大的鳇鱼
我相信会张嘴说出：我爱你

诗人档案

左右（1988~　），生于陕西山阳。曾参加《诗刊》社第三十二届“青春诗会”。已经出版《地下铁》《命》《原谅世界不再童话》《孩子都是天生的诗人》等作品集十三部。有作品在《人民文学》《十月》《诗刊》《花城》《天涯》《北京文学》等发表。曾获柳青文学奖、延安文学奖、紫金·《人民文学》诗歌佳作奖、珠江国际诗歌节青年诗人奖、全国幼儿文学奖等奖项。

聋　子

左　右

声音有没有颜色如同黑暗
声音有没有味道如同酸涩
声音有没有梦想犹如三天光明

声音有没有冷暖
声音有没有最初的爱

声音在哪里出生的呢，请你告诉我
我想在我的耳朵里也怀孕一些声音
我想在我的意识里也制造一些声源
我想将自己卖给一个懂得声音的精灵
请你告诉我，外面的世界是不是喧嚣的

昨夜地震了，我没听见妈妈最亲近的哭泣
我最想要的答案
我想做一个能听见声音的聋子

聋子

声音有没有颜色如同黑暗
声音有没有味道如同酸涩
声音有没有梦想就如同天光明

声音有没有冷暖
声音有没有最初的爱

声音在哪里出生的呢，请你告诉我
我想在我的耳朵里也听到一些声音
我想在我的意识里也制造一些声波
我想转身交给一个懂声音的精灵
请你告诉我，外面的世界是不是喧嚣的

昨夜地震了，我没听到妈妈最亲近的哭泣
我最想要的答案
我想做一个能听见声音的聋子

2020.4.25 西安

诗人档案

肖寒（1978~　），女，本名肖含。吉林梨树人。参加《诗刊》社第三十二届“青春诗会”。作品散见于《人民文学》《诗刊》《作家》《诗选刊》等刊物，并入选多个年度选本。获第五届吉林文学奖等奖项。出版个人诗集三部。

无法安静

肖　寒

我看到他，赤着脚，在海滩上踱步
海浪每扑上来一次，他就
向前一步

海风一次次吹来
每一次，都会卷走一些尘沙

他无法安静下来
他一会儿用沙子隆起土堆
一会儿又将它摧毁
每一次，都眼含热泪

无法安静

我看到他，赤着脚，在海滩上踱步
海浪每扑上来一次，他就
向前一步

海风一次次吹来，
每一次，都卷走一些尘沙

他无法安静下来
他一会儿用沙子隆起土堆
一会儿又将它捣毁
每次，都眼含热泪

肖寒
2020.6.4.

诗人档案

曹立光（1977～ ），笔名荒原狼、黎光。吉林人。中国作家协会会员。黑龙江省作家协会签约作家。曾参加《诗刊》社第三十二届“青春诗会”，第七届全国青创会。著有诗集《北纬47°》《山葡萄熟了》。有作品散见国内百余家文学刊物。有作品收入百余种诗歌选本。曾荣获黑龙江省政府第八届、第十届文艺奖、首届剑门关诗歌奖、首届华亭诗歌奖及《人民文学》《诗刊》征文奖等奖项。

我爱这花苞裂开的时光

曹立光

我爱上的桃花怀孕了
微凸的小腹住满了阳光的种子
春风被发芽的心事抚摸
泛绿的远天挂着白的云朵

我坐在万物生长的土地中央
听一条蚯蚓自弹自唱
我爱这花苞裂开的时光
也享受这世界暗藏的光芒

我爱这花苞裂开的时光

曹立光

我爱上的桃花怀孕了
微弱的小腹住满阳光的种子
春风被发芽的心事抚摸
泛绿的远天推着白的云朵

我坐在万物生长的土地中央
听一条蚯蚓自弹自鸣
我爱这花苞裂开的时光
也喜爱这世界暗藏的光芒

北极星下

——第三十二届“青春诗会”侧记

刘　年　李点儿

1

第三十二届“青春诗会”，来到了极北的漠河。诗，来到了远方。

2

2016年8月13日下午，漠河雨过天晴，诗会正式开幕。

中国作协副主席吉狄马加，北京大学教授谢冕，中共大兴安岭地委书记贾玉梅、地委宣传部部长王利文，《诗刊》常务副主编商震、副主编李少君以及十五位“青春诗会”成员臧海英、张远伦、沈鱼、祝立根、严彬、林子懿、陆辉艳、辰水、方石英、林火火、肖寒、曹立光、左右、王琰、小葱出席。吉狄马加在致辞中说，“青春诗会”是《诗刊》社于1980年创办的重要诗歌品牌活动，是青年诗人成长的摇篮，培养了大量的成绩卓著的诗人，希望青年诗人们以自由、包容、开放的心态写诗，不要辜负自己的青春。谢冕、商震在发言中也对“青春诗会”的重要意义进行了强调，希望青年诗人们能够珍惜机会，认真交流学习，提升自我，“正式向诗坛报到”。王琰作为青年诗人的代表发言，她说这是一次极致的抵达，极光降临的地方注定离诗神更近。与近几年一样，《诗刊》社推出了《第32届青春诗会诗丛》，

第三十二届“青春诗会”参会者合影

为每一位参会诗人出版了一本诗集。中国青年出版社的编辑彭明榜，讲述了成书的经过，《诗刊》主编助理刘立云向漠河县赠送了该诗丛。

河南来的诗人小葱，第一次拥有自己的著作，很兴奋，在角落里细细地翻着。

《青葱》在她膝上，像洁白的鸽子，展开了双翅。

3

诗歌，是用来消除距离、填平壕沟、推倒围墙的，谈诗的时候虚伪，你将永远虚伪，谈诗的时候孤独，你将永远孤独。晚上的分组改稿会上，无论李琦、刘立云、李元胜、霍俊明、聂权、彭敏、王单单、刘年八位指导老师，抑或十五位青年诗人，一谈到诗歌，陌生感、身份、年纪、职业、地理的差距就全没了，每个人都在讲着自己内心深处的话。

李琦平时像个和蔼可亲的大姐，谈到诗，表情非常肃穆，她说好诗应该有陡峭感，让诗意跌宕，让读者失重；刘立云军人出身，说话却水一样温润，他提醒各位，要认识到自己的盲区，要明确自己的写作方向；李元胜诠释了诗歌三个标准，“独创性”“完好度”“格局”；霍俊明总是充满激情，他告诫诗人一定要在芜杂的诗歌界保持清醒、个性和独立。

“一动汉字，就紧张，像在自己招魂。”来自云南的祝立根，觉得生活是一个奴隶主，给他带上了镣铐，不停地用鞭打他，写作，就像拿着一把锋利的匕首，与之贴身肉搏，随时会血溅五步。“向死而生，从死亡开始明亮的生活。并非每一天都是末日，但把每一天都当作余生来过，更懂得怜惜与怜悯的本意。”沈鱼的福建腔，咬铁嚼钉，掷地有声。“在生活中，诗人即使活得像个游魂，也必须开口说话。”辰水说的是爱尔兰诗人希尼对他创作的影响。“一首诗虽然阻止不了一辆坦克，但诗歌有坦克所无法抵达的无限性。”左右耳朵不好，不便说话，但他聪慧乐观，有一颗强大的内心和一手快捷的钢笔字，他把自己的诗集命名为《命》，却并不认命，他决定用朴实粗犷的口语诗，来替自己向世界言说生命的本质。张远伦平时沉默寡言，谈到诗歌的时候，却滔滔不绝，他说自己进城多年，还在反复地书写着他的诸佛村，是希望用诗歌留住自己的故乡，或者说留住自己的退路……

两个晚上，都谈过了半夜。诗，越谈到后面越细，具体到了某个人、某一首诗、某一句话，哪里好，哪里需要改，怎么改。点评、阐述、争辩、倾诉之间，言词有时会共振，有时会摩擦，有时会碰撞，但没有人觉得厌倦。每个诗人都知道，这年头，和懂诗爱诗的人谈诗，是一件非常奢侈的事。

4

白桦林是慷慨的。蘑菇、蓝莓、稠李、北国红豆、山丁子，人采不完，鸟兽们也吃不完，只能烂掉。大兴安岭长大的曹立光，一再叮嘱，不要往深处走。一要当心迷路；二要当心蝉虫；三要当心熊，它们会游泳、会爬树、速度和力量又是人的几倍，惹恼了它们，就等于得罪了森林之神。黑龙江也是慷慨的，她尽量让所有的人快乐。小葱和李元胜在岸边拍到自己喜欢的花草和昆虫，祝立根买到了一些干鱼，刘年找到机会游了一回泳，有个打鱼人网到了一条狗鱼，更多的人找到了自己喜欢的石头，张远伦还捡到了一块玛瑙石。

经过了一段时间的相处，诗人的言谈举止慢慢地回到了他们的诗歌中。小葱的伶俐与清纯，陆辉艳的恬淡与安静，方石英的坚毅与热情，林子藤的清新与朝气，曹立光的稳重与成熟，和他们的诗歌呈现的面貌完全一致。只有林火火让人意外，文字里，她天真烂漫，而现实中，她的儿子比她还高了。她笑道，儿子才是她的代表作。

诗会期间，诗人们还去了龙江源、洛古河村、卡伦小镇、雅克萨、龙江第一湾、北红村、北极村等地进行采访创作。曹立光说，现在大家看到的是一个翡翠质地的大兴安岭，秋天，叶子黄的时候，大兴安岭是金质的，冬天的大兴安岭是银质的，零下40度，有一米多深的雪和冰，黑龙江面上，可以跑汽车。说得很多人赖着不想走，又有很多人想再来几次。张远伦直接在诗歌里说了，愿在北极的哨所里，做一个老兵，愿在最北的邮局里，做一个绿色的邮筒，愿在大兴安岭的地窖里，找一座葬身的坟。

5

船，逆黑龙江而上，到了与额尔古纳河交汇的地方。

肖寒和臧海英，在船头拍照。肖寒当过楼道清洁工，收过电费，当过幼儿园老师，家里没有电脑的时候，经常带着三岁女儿在网吧写诗，有一次，女儿从电脑椅上摔下来，磕伤了头，女儿哭了，她也哭了，她觉得很羞耻，仿佛在做一件大逆不道的事，她想放弃写诗，可除了诗歌，她又找不到别的寄托。还好，她坚持下来了，现在成了《诗东北》杂志的编辑，终于可以理直气壮地写诗歌了。臧海英在农村长大，种过棉花与小麦，后来因为写诗，而变得独立与自由，也因此变得与专制的婚姻格格不入，现在独自带着儿子，在小城打工，上班下班几乎是两头黑，可她每天依然会抽出两个小时的时间，读书写诗。看她们的诗歌，能看到生活的底部，也能看到中国女人的苦胆和风骨。

望着江面一群盘旋的黑莺莺，她们惊喜，大笑，笑出了皱纹。

雨后的阳光真好，纯净而雪白。照着俄罗斯，也照着中国，不遗漏一个追求幸福的人。

6

星空，如果是首辉煌的诗，北极星就是诗眼。

无论如何斗转星移，四季轮回，象征着遥远与永远的北极星，位置是不变的。最北端的北极村，星空很低。有人把酒店的一架天文望远镜，搬到空地上。我们轮流看。遥远的星星，一下子拉到了眼前，有的板栗大，有的石榴大。

在平时看起来远在天边的北极星，这时候，就在我们的头顶三尺处。

像一只慈悲的眼。

7

物极必反。到了最北端，下一步只能往南了。

8月15日，大家都知道这是在北极村的最后一个晚上，气氛渐渐地凝重起来了，每个人言谈中明显地有了离别的伤感。大家都不愿意早睡。是夜，很多人都念了自己的诗歌。是夜，严彬唱了一首悲怆的《天下没有不散的筵席》。

是夜，左侧黑色的黑龙江，依然不管不顾地流着。

是夜，沈鱼和方石英，大醉。

8

唯有诗歌与星空，能给我们安慰。